マンザナの風にのせて

ロイス・セパバーン＝作
若林千鶴＝訳
ひだかのり子＝絵

はじめに

19世紀の後半には、多くの日本人が仕事を求めて、アメリカ合衆国《がっしゅうこく》に渡《わた》っていました。その数はハワイに20万人、アメリカ本土《ほんど》に18万人にのぼります。ハワイではサトウキビ農園、本土《ほんど》では製材業《せいざいぎょう》、造船業《ぞうせんぎょう》、鉄道建設《てつどうけんせつ》、缶詰工場《かんづめこうじょう》、農場など、移民《いみん》たちはどこも厳《きび》しい労働環境《ろうどうかんきょう》のなか懸命《けんめい》に働きました。アメリカ本土《ほんど》では、特に西海岸沿岸《えんがん》の都市に多くの日系人《にっけいじん》コミュニティーができていました。物語はアメリカ西海岸、最北に位置するワシントン州のベインブリッジ島《とう》から始まります。

主人公のマナミ一家は、祖父《そふ》の代にこのベインブリッジ島《とう》に渡《わた》ってきた日系人《にっけいじん》移民《いみん》です。

1941年12月7日（日本時間では12月8日）に日本軍《にほんぐん》がハワイの真珠湾《しんじゅわん》にあるアメリカ軍基地《ぐんきち》を攻撃《こうげき》しました。これにより日本とマナミ一家が暮《く》らすアメリカ合衆国《がっしゅうこく》は戦闘状態《せんとうじょうたい》に入り、マナミたちの暮《く》らしは一変します。

ワシントン州
ベインブリッジ島《とう》の地図

アメリカに存在《そんざい》した日系人強制収容所《にっけいじんきょうせいしゅうようじょ》

アミール、ベラ、ジュリアンに愛をこめて
そして、道があればきっと見つけたストライダーに

3月

男はな、毎日裸足《はだし》で地面を歩くもんだって、おじいちゃんはいう。

母さんは、男が裸足《はだし》を好きならそうすればいいけど、その男の娘《むすめ》は靴《くつ》をはくわという。

おじいちゃんが裸足《はだし》になりっていったら、わたしは母さんの言葉を持ち出す。

おじいちゃんとわたしは、海岸にあるふたりだけの特別な岩に座《すわ》っている。岩は土から砂地《すなじ》の変わり目にある。

おじいちゃんが笑う。

「マナミ、わしの娘《むすめ》の言葉は正しい。だが、あの娘《こ》だって靴《くつ》をはかないときがあったんだがな。おまえは靴《くつ》をはくがいい。ところで、これから海岸を歩くんだよ。いまは、脱《ぬ》いだほうがいいんじゃないか。でないと、砂《すな》と海水で靴《くつ》がだめになってしまう。わしの娘《むすめ》は、おまえの靴《くつ》がだめになるのは喜ばないだろうよ」

おじいちゃんが正しいってわかってる。それで、靴《くつ》を脱《ぬ》いでおじいちゃんについていく。砂《すな》が黒くぬれて海岸が終わり、海の始まるところまで。

潮水《しおみず》が足に跳《は》ねかかる。立《た》ち止《ど》まって、くるぶしが砂《すな》に埋《う》まるまでぐにぐにめりこませた。海水のしぶきから、海藻《かいそう》や魚のにおいがする。おじいちゃんはわたしを置いて波打ちぎわに沿《そ》って歩いていく。ゆっくりとしっかりとした足跡《あしあと》が続いていく。潮《しお》がおじいちゃんの足元《あしもと》をぬらすのをじっと見つめる。潮《しお》が引くと、足跡《あしあと》はなくなっている。おじいちゃんがここにいなかったみたいに。ふと、昨日《きのう》兵士たちが到着《とうちゃく》したときのような不安を感じた。でもそのとき、トモがわたしのほうに駆《か》けてくるのが見えて、おじいちゃんの足跡《あしあと》のことは忘《わす》れてしまった。トモったら、また窓《まど》から逃《に》げ出《だ》してきたんだ。

トモは子犬じゃない――子犬だったのはずいぶん昔のこと。でも、トモは全力で走り、鳴き声をあげながらジャンプする。白いふわふわの毛のあちこちに砂《すな》がこびりついている。わたしはトモを抱《だ》き上《あ》げて、おじいちゃんのところに走っていく。トモが腕《うで》の中で放《はな》してくれと暴《あば》れる。早くおじいちゃんのそばにいきたいんだ。おじいちゃんのすぐ足元《あしもと》にトモを降《お》ろしてやる。

おじいちゃんのそばにいるときのトモは、自分も年寄《としよ》りみたいにふるまう。走ったり、ジャンプしたり、鳴いたりもしない。おじいちゃんみたいにゆっくり歩く。でも、トモはとっても小さいので、潮《しお》に消されるような足跡《あしあと》もつかない。気をつけて見ないとわからないほど、うっすら砂《すな》の色が変わるだけだ。何か音がすると、トモは頭を傾《かたむ》けておじいちゃんの目をじっと見つめる。

おじいちゃんはトモにうなずくと、自分も奇妙《きみょう》な音を聞いたよという。船の警笛《けいてき》なら、ちっとも奇妙《きみょう》じゃないわと、わたしはおじいちゃんにいった。だって、ここはベインブリッジ島《とう》で、港までほんの一マイル（約1.6キロ）だもの。ベインブリッジ島《とう》には、毎日のように船がきている。

「それはそうだが」おじいちゃんはいう。「今の船は違《ちが》うんだ。あれは軍艦《ぐんかん》だ。兵士を乗せた軍《ぐん》艦《かん》が毎日のようにわしらの島にくることはない」

わたしはまた不安になり、おじいちゃんの手をとった。

「どうして、兵隊さんがきたの？」わたしが聞く。

「戦争さ」おじいちゃんはいう。「兵士がどこにでもいるのは、そういうことだ」

「兵隊さんを見ると、怖《こわ》くなる」わたしはいった。

「兵士たちだって、おまえを見れば怖《こわ》がるだろうよ」おじいちゃんがいう。

「わたしを?」おじいちゃんに聞き返した。わたしのどこが怖《こわ》いっていうの。

「おまえ。わし。わしたちみんなだ。兵士たちは考える。こういう日本人の顔をして、日本の名前を持つ人々は、自分たちを裏切《うらぎ》るんだと」おじいちゃんがいう。

「でも顔と名前だけよ、日本人なのは。ほかは全部アメリカ人よ」わたしはいう。

「それは、そうだがな」おじいちゃんはいう。

わたしたちは水辺から離《はな》れ、もう一度岩のところに戻《もど》ってきた。

おじいちゃんが岩に腰《こし》かける。トモがちょこんとそばに座《すわ》る。わたしはふたりの横に腰《こし》をおろす。

「海を見てごらん」おじいちゃんがいう。「どこが終わりだ? どこから始まっている?」

「本土《ほんど》、シアトルに着いたら終わりよ」わたしはいう。「始まりはここ、ベインブリッジ島《とう》」

「そうかもな」おじいちゃんもいう。

わたしたちは波が寄《よ》せては返《かえ》すのを、じっと見ている。

わたしたちは波が浜《はま》にくだける音を、じっと聞いている。

わたしは波が引いては寄《よ》せる音に、呼吸《こきゅう》を合わせる。吸《す》って、吐《は》いて…気持ちを落ち着かせる。

トモがわたしの手をなめる。それから、おじいちゃんの手をなめる。

「覚《おぼ》えているよ、相棒《あいぼう》」おじいちゃんがトモに話しかける。「わしらが初めて出会ったのは、まさにここだったな。わたしはひとりぼっちで、悲しみにくれていた。おまえさんは、ひとりぼっちで腹《はら》ぺこだった」

これはわたしのよく知っているお話。ふたりは友だちになったからトモ。古いお話。

おばあちゃんが死んだすぐあとに起きたことだ。

「学校が始まる。そろそろいこう」おじいちゃんがいう。おじいちゃんの声は優《やさ》しく、そして悲しい。トモが頭をこちらにかしげて、わたしの目をじっと見つめる。トモを抱《だ》き上《あ》げ、耳元《みみもと》でささやく。わたしにも、おじいちゃんの悲しみは聞こえているよって。

おじいちゃんとトモとわたしが校庭に着いたとき、始業のベルが鳴りはじめた。おじいちゃんのほっぺたにキスをして、わたしは校舎《こうしゃ》に駆《か》け出《だ》す。

「じゃあね！」わたしは肩越《かたご》しに大声で叫《さけ》んだ。

母さんは、大声を出すのは、はしたないって思っている。

「じゃあな！」おじいちゃんも大声で返す。

そんなこと、おじいちゃんは気にしない。

「マナミ！」

友だちのキミが、こっちにおいでと手を振《ふ》ってくれる。キミのところにいって、ふたりで腕《うで》をくんだ。キミがわたしの耳元《みみもと》でささやく。

「兵隊さんよ！」

「知ってる！」とわたし。

「わたしたちみんなを刑務所《けいむしょ》に送ろうとしてるって、うちの母さんはいってる！」キミがいう。

リョウがぐっと顔を近づけていった。

「おれんちの父さんはこういってるぞ。おれたち全員、日本に強制送還《きょうせいそうかん》だって！」

わたしはリョウが好きじゃない。というか、出《で》しゃばりなところがいや。でも、キミのお母さんは優《やさ》しい人だ。

どうなんだろう？　兵隊さんがここに来たのは、わたしたちを連れていくためなんだろうか？

「みんな、いらっしゃい」ブラウン先生が呼《よ》んでいる。

わたしたちは先生について校舎《こうしゃ》に入っていく。

ろうかをぬける。

教室に入る。

キミとリョウの言葉を聞いてから、わたしの心臓《しんぞう》はドクンドクンと打っている。

キミの隣《となり》の自分の席に、腰《こし》をおろす。

ブラウン先生がわたしたちを見つめる。コホンと咳払《せきばら》いする。

先生は、何か大切なことを話そうとしているんだ。

でも、先生はこういった。

「サラ・ベス、あなたが暗唱《あんしょう》する番よ」

サラ・ベスは立ち上がり、詩を暗唱《あんしょう》した。

いつもの学校の風景。いつもの火曜日。先週と同じ、いままでのどの週とも同じ。

でも下校時間、ブラウン先生は、わたしとキミとリョウ、それから何人かの生徒にそのまま教室に残るようにいった。

ほかの生徒たちはわたしたちのほうをこっそり見ながら、上着を着て教室を出ていった。

「みなさん」ブラウン先生はいう。「今日が、あなたたちの最後の登校日となります。ご両親が説明してくださるでしょう。さあ、荷物をまとめて」

ブラウン先生はわたしの両親のことをよく知らないんだ……。うちの両親は、何も説明なんてしてくれない。昨日やってきた兵隊さんのことだって。

「みなさん」帰りじたくをしていたら、ブラウン先生が声をかけた。先生の声は少しふるえている。「あなたたちが悪いんじゃないの。覚《おぼ》えておいて、これはあなたたちが悪いんじゃありません。あなたたちがいなくなるのは寂《さみ》しいわ。すぐにまた会えるように、心から願っています」

家まで走った。

針仕事《はりしごと》をしている母さんのおでこには、不機嫌《ふきげん》そうなしわがよっている。父さんは、漁《りょう》に使うロープと釣《つ》り糸《いと》の上に背中《せなか》を丸めている。おじいちゃんとトモはいない。きっと海岸だ。

「ポスターが」わたしはいう。「町中に貼《は》ってあるよ」

父さんと母さんは顔を見合わせた。

「立《た》ち退《の》き、疎開《そかい》って、書いてあった」とわたしはふたりに話す。

「わたしたちも、ポスターを見たよ」父さんがいう。父さんは母さんをまだじっと見つめている。

しばらく、ふたりは仕事を続けた。

涙《なみだ》があふれてきた。

「ブラウン先生が、学校は今日でおしまいだって」

父さんと母さんがわたしを見つめる。

母さんがわたしに駆《か》け寄《よ》り、手を握《にぎ》る。

父さんがテーブルの向こうから手をのばして、わたしの涙《なみだ》をぬぐう。

「どうしてなの？」わたしはたずねた。

父さんと母さんが説明してくれるのを待つ。

だけど、わたしが思ったとおり、ふたりは何も説明してくれない。

そのかわりにこういった。「心配いらない」って。

次の朝早く、おじいちゃんはわたしとトモを連れて海岸にいった。わたしたちは歩いて、歩いて、歩いた。だけど、話はしない。いつもと同じで、同じでない……。

わたしたちが家に戻《もど》ると、小さな家のドアが開いていて、おいしそうなにおいがただよってきた。

いつもと同じで、同じでない……。

中に入ると、母さんとおじいちゃんがじっと顔を見合わせる。

いつもと同じで、同じでない……。

いつもなら、こうだ。おじいちゃんとわたしは、散歩のあいだ話をする。

いつもなら、こうだ。シチューと塩漬《しおづ》けの魚のにおいじゃなくて、スープと果物《くだもの》のにおいがする。

いつもなら、こうだ。母さんとおじいちゃんは長い微笑《ほほえ》みをかわす。

いつもなら、こうだ。父さんはこの時間、まだ漁《りょう》の船にいる。テーブルについているとしても、もっと夕方遅《おそ》くだ。

いつもと何も変わらないようなふりをして、自分の部屋にいく。以前は姉《ねえ》さんのケイコと兄《にい》さんのロンと一緒《いっしょ》に部屋を使っていた。ふたりは今、遠く離《はな》れたインディアナ州にいる。ふたりともアーラム大学で勉強している。ベッドはそのままにしてある。ふたりは時々戻《もど》ってくる。だけど兄《にい》さんは父さんのように漁師《りょうし》になるつもりはないし、姉《ねえ》さんも母さんのように漁師《りょうし》と結婚《けっこん》するつもりはない。

洗面器《せんめんき》にはきれいな冷たい水が入っている。顔と首筋《くびすじ》を水で洗《あら》い、タオルでふいた。顔に赤みがさし、きれいになったので、朝ご飯を食べに部屋を出た。

トモは、おじいちゃんのそばにくっついたままだ。おじいちゃんの椅子《いす》の下で丸くなっている。でも、眠《ねむ》ってはいない。頭を上げ、鋭《するど》い目つきで油断《ゆだん》なくあたりに聞き耳をたてている。

母さんがシチュー鍋《なべ》をかき混《ま》ぜている。

父さんが何かのリストを作っている。

おじいちゃんが、トモの頭をごしごし掻《か》いてやる。

わたしはティーポットに緑茶《りょくちゃ》の葉を入れて熱いお湯を注《そそ》ぐ。ティーポットとカップを四つ、テーブルに運ぶ。

お茶碗《ちゃわん》にご飯をよそう。お茶碗《ちゃわん》とお皿《さら》を四枚《まい》、テーブルに運ぶ。大皿《おおざら》にイチゴなどの果物《くだもの》を盛《も》り付《つ》ける。果物《くだもの》の大皿《おおざら》をテーブルに運ぶ。

わたしが席についたとき、母さんはまだお鍋《なべ》をかき混《ま》ぜていて、父さんはまだリストを作っていて、おじいちゃんもトモの頭を掻《か》いてやっていた。

「何かへんよ」わたしがいう。

「どうもしないよ、おちびさん」おじいちゃんはいう。「わしらはここにいる。みんな一緒《いっしょ》に」

「でも、何かへんな感じがするのよ」わたしはさらにいった。

「だいじょうぶだよ、マナミ」父さんがいう。「お茶をお飲み」

「母さん？」わたしはたずねる。

「すべて、うまくいくわ」母さんは答えた。

トモのほうを見ると、トモもわたしをじっと見つめ返す。

何かおかしいと、トモだってわかってるんだ。

こんなこと、初めてだけど、学校のある日だったらと思う。

それから気がついた。学校はある。わたしが勉強するためじゃないけど。

朝ご飯のあと母さんが、部屋に行って庭仕事用の青い服に着替《きが》えなさいといった。

外に出て、雑草《ざっそう》を一本残らず抜《ぬ》いていく。

母さんは庭を見渡《みわた》して、わたしにバスケットを渡《わた》した。

「取れるだけ収穫《しゅうかく》してちょうだい」母さんがいう。

「収穫《しゅうかく》できるものなんて、ないわ」母さんのほうがわかっているはずのことを、わたしはいう。

あと二か月経《た》たないと、何も収穫《しゅうかく》なんてできない。

「ハーブをぜんぶ刈《か》り取《と》って、集めて布《ぬの》で包んでちょうだい。ニンニクと玉ねぎも掘《ほ》り起《お》こして、土と一緒《いっしょ》に枕《まくら》カバーに入れるの」母さんはいう。

ハーブの根元《ねもと》にハサミを入れると、緑色の汁《しる》が地面にしみこんでいく。わたしはいわれたとおりに布《ぬの》で包む。熊手《くまで》でニンニクの球根と玉ねぎを掘《ほ》り起《お》こしたけど、小さすぎて一人分《ひとりぶん》にもならない。わたしが通った後は、くずれた畝《うね》と土のかたまりだけが残った。

仕事が終わったとき、母さんがお昼ご飯だと呼《よ》ぶ声がした。魚のシチューだ。

それから母さんはわたしにもっと仕事をいいつけた。ふたりでシャツやスカート、それにワンピースやズボンを洗濯《せんたく》する。

ふたりでタオルやシーツをたたんだ。

母さんは野菜の種《たね》の入った袋《ふくろ》をテーブルに並《なら》べる。

「空《から》っぽの袋《ふくろ》は捨《す》てて。残りはここに重ねてね」母さんはいう。

仕事に飽《あ》きてきて、わたしはたずねたくなった。「どうして、こんなにいろいろやらなきゃならないの？」と。だけど、聞かない。

夕ご飯なので、わたしたちは作業《さぎょう》をやめた。やっぱり魚のシチュー。

「ベッドに行って」食後に母さんがいった。

「でも……」わたしは話を聞きたい。

「頼《たの》むから、マナミ」父さんがいった。

寝室《しんしつ》で、母さんと父さん、それにおじいちゃんがどんなことを話しているのか聞き耳をたてたけど、聞こえない。ロンが置いていった辞書《じしょ》が目に留《と》まる。わたしは探《さが》す。

疎開《そかい》　危険《きけん》な場所、建物、または軍事地帯《ぐんじちたい》から移動《いどう》すること。

その言葉がわたしの頭の中をぐるぐる回る。疎開《そかい》、そかい、ソカイ……。

しばらくすると、くたびれて何も考えられなくなった。肩《かた》も腕《うで》も痛《いた》い。だけど、よく眠《ねむ》れた。

次の朝、キッチンに入っていくと、母さんがひとりでテーブルについていた。わたしに食事するように身振《みぶ》りで示《しめ》す。

母さんはわたしの髪《かみ》を、いつも以上に強く時間をかけてとかして、二本のきつい三《み》つ編《あ》みにする。

「何かへんだわ」わたしは母さんにいう。

「そうね」

待ったけど、母さんはそれ以上いわない。

じっと我慢《がまん》する。でも、とうとう我慢《がまん》しきれなくなった。

「わたしたち、どうなるの」

「四日後に、出ていかないといけないの」しばらくして、母さんはいった。疎開《そかい》とは、移動《いどう》することだ。

「どうしてなの?」

「わからないわ」母さんはいう。

「どこへ行くの?」

「さあ」

「どれくらいの間なの？」

「それも、わからない」

ちっとも答えになっていない。

わたしは待つ。でも、わかったのは、たったこれだけだ。

「今日みんなで町に行って、登録《とうろく》をすませ、健康診断《けんこうしんだん》を受けるのよ」母さんはいう。

「だけど、わたしは病気じゃないわ」

「全員が健康診断《けんこうしんだん》を受けるの」


父さんとおじいちゃんと母さんとわたしは、町まで歩いていく。

わたしたちはいくつもの建物を通《とお》り過《す》ぎる。裁判所《さいばんしょ》、警察署《けいさつしょ》、教会、図書館。

学校の前を通るとき、首をひねって自分の教室の中をのぞきこもうとした。みんなはうつむいている。何か読んでいるんだ。

わたしたち以外にも町にやってきた人たちがいる。

黒い髪《かみ》と、黒い目をした人たち。

わたしたちと同じような人たち。

どこに行けばいいかは、すぐにわかった。兵士や銃《じゅう》なんてなくても。通りの片側《かたがわ》の歩道にぎっしり人が並《なら》んでいて、その列が角《かど》を回りこんでいる。

前を歩いていた父さんとおじいちゃんが列に並《なら》ぶ。

母さんがわたしの手を引っぱる。「急いで」って。

友だちのキミが郵便局《ゆうびんきょく》の前の階段《かいだん》に座《すわ》っている。

「あっちで、キミと遊んでいい？」わたしが聞く。

「家族は一緒《いっしょ》にいないといけないの」母さんはいう。

一時間経《た》っても、わたしたちはまだ並《なら》んでいた。じっと歩道の上で。でも、なんとか順番がきて、わたしたちは兵士が座《すわ》るテーブルの前にきた。

「名前は？」兵士がたずねる。

「タナカです」父さんが答え、自分と母さんとわたしを指さす。

「イシイです」おじいちゃんがいう。

「わたしたちは同じ家族です」父さんがいう。

「あなたたちの登録番号《とうろくばんごう》は１０４３１３です」兵士はいった。そして、父さんにひもの付いた紙の下《さ》げ札《ふだ》の束《たば》を渡《わた》した。「荷物すべてにこれをつけてください。家族一人ひとりにもです。コートにつけるとか」

父さんは母さんに登録番号《とうろくばんごう》が記入された下《さ》げ札《ふだ》の束《たば》を渡《わた》し、母さんはハンドバッグに入れた。

「あの列に移動《いどう》して」と、兵士が指さしながらいう。「健康診断《けんこうしんだん》が終われば、終了《しゅうりょう》です。月曜日、早朝の出発なので準備《じゅんび》をしておくように」
建物の中で、わたしたちは大きな部屋に案内された。ベッドに座《すわ》らされたまま長い時間待っている。
「立ってるほうがましよ」わたしがいう。
「ごそごそしないの」母さんがいう。
やっとお医者さんがきた。
健康
健康
健康
健康
そんなことは、最初からわかりきっている。
終わると、わたしたちは家に帰った。

母さんが、ベッドの上にスーツケースを置いてふたを開ける。

「どれだけ入るか、やってみましょう」母さんがいう。

一緒《いっしょ》に、わたしの衣類をたたんでは詰《つ》める。ワンピースが四枚《まい》、ズボンが二枚《まい》、寝間着《ねまき》が二枚《まい》、シャツが四枚《まい》、コートに下着に靴《くつ》。

スーツケースのふたは閉《し》まらない。

「ふたの上に座《すわ》って」母さんがいう。

わたしがふたに乗って押《お》さえつけると、母さんはなんとかパチンとふたを閉《し》めた。

「全部は持っていけないわ」母さんはいう。「コートは着ていけるわね。だけど、まだシーツや毛布《もうふ》、それに食器も入れないと」

「もう一つスーツケースがいるね」わたしがいう。

「余分《よぶん》には持っていけないの」と母さんがいう。

わたしたちは荷造《にづく》りしたスーツケースをいったん空《から》っぽにして、もう一度ふたを開いてほかのスーツケースの横に並《なら》べた。

母さんがパズルを埋《う》めるように、一つずつ荷物を詰《つ》めていくのを見つめる。食器、寝具《しんぐ》、衣類、種《たね》の袋《ふくろ》、玉ねぎとニンニクの袋《ふくろ》、おばあちゃんの写真、父さんの釣《つ》り道具が入った小箱、おじいちゃんの小さな熊手《くまで》、母さんの庭仕事の道具。

荷物はおさまらない。

「もう、遊んでいらっしゃい」母さんはいう。それから、またスーツケースを空《から》っぽにしはじめる。

出発の前日の日曜日、母さんがテーブルについている。母さんはよそゆきのワンピースと帽子《ぼうし》を身に着けている。ストッキングまではいているのを見るのは初めてだった。それに、わたしがこっそり借りたことのあるハイヒール。真《ま》っ赤《か》な口紅《くちべに》も。赤い口紅《くちべに》の下は、いつもの母さんかどうか、わたしは口紅《くちべに》をふき取りたくなる。

母さんはわたしを悲しそうな目で見つめていう。

「一番いいワンピースを着ていらっしゃい。今日は、みなさんにご挨拶《あいさつ》するんだから」

おじいちゃん、父さんそして母さんとわたしは教会に行く。ロブ牧師《ぼくし》が特別礼拝《とくべつれいはい》をおこなってくれた。わたしたちの友人みんなが集まっている。担任《たんにん》のブラウン先生のようなアメリカ人の友人。最高のイチゴを育てているマツオさんのような日系人一世《にっけいじんいっせい》。そしてわたしやキミのような二《に》世《せい》。日本人とアメリカ人。そのどちらでもあるけど、どちらでもないともいえる人。

アメリカ人の友人たちは、特別礼拝《とくべつれいはい》のあと泣いた。

「こんなこと、すぐに終わるわ」友人たちはいってくれた。

翌朝《よくあさ》早く、自分で目覚《めざ》める前に、母さんに起こされた。

起きると、玄関《げんかん》のそばに置いてあるスーツケースが目に入った。三つはふたが閉《と》じてある。一つはふたが開いている。

着替《きが》えている間に、母さんが寝間着《ねまき》をたたんで開いているスーツケースにうまく入れ、ふたを閉《し》めた。

わたしたちは話もしないで朝ご飯を食べた。

わたしたちは大急ぎで朝ご飯を食べた。

「時間だ」父さんがいう。

おじいちゃんがトモの食器にお水をいっぱい入れ、もう一つの食器にご飯を入れた。おじいちゃんは二つの食器をトモの食事マットの上に置く。おじいちゃんはトモを抱《だ》き上《あ》げ、頬《ほお》ずりした。それからトモを食事マットのそばにおろした。

「ロブ牧師《ぼくし》が、午前中には来てくださるからな」おじいちゃんはトモにいう。「元気でな、相棒《あいぼう》」

それからおじいちゃんは自分のスーツケースを持って、玄関《げんかん》を出ていく。

「母さん！」わたしは声をあげた。

涙《なみだ》が母さんの頬《ほほ》を伝う。母さんも自分のスーツケースを持ち、おじいちゃんのあとに続いた。

「父さん？」

父さんもスーツケースを持って、外でわたしが出るのを待っている。

叫《さけ》びたい。足を踏《ふ》み鳴《な》らして、父さんたちに泣きわめきたい。そのかわりに、わたしはささやいた。

「トモ！」

トモがわたしの腕《うで》の中に飛びこんできた。わたしはトモをコートの下に隠《かく》した。

「じっとして！」トモにいう。

トモは腕《うで》の中で頭を引っこめ、体を丸めた。

わたしはスーツケースを持って外に出て、父さんが玄関《げんかん》に鍵《かぎ》をかけるのを見つめる。それから
わたしたちは、道路脇《どうろわき》にいる母さんとおじいちゃんに合流《ごうりゅう》した。

一台のトラックが目の前に停《と》まる。

軍用《ぐんよう》トラックだ。

兵士たちが飛びおりてきて、わたしたちのスーツケースを持ち上げた。兵士たちは母さんとお
じいちゃんが荷台《にだい》に乗るのを手伝う。父さんも乗りこむ。そしてわたしは、だれかが手を貸《か》そう
とする前に急いで父さんのあとに続いた。

トラックには、ほかの人たちもいた。

ご近所さんだ。

友人だ。

日本人の顔と名前を持つ人々。

わたしのように。

先ほどの二人の兵士もトラックの荷台《にだい》に乗りこみ、腰《こし》をおろした。

わたしはすみっこに座《すわ》る。

トラックの中はうるさくて、みんな心配そうな目をしている。

それはありがたかった。おかげでみんな、わたしとトモのことに気づかないから。

港まで、そんなに時間はかからなかった。

トラックを降《お》りると、そこらじゅうに人がいた。歩いている人、座《すわ》っている人、急いでいる人、待っている人……。そしてものすごくやかましい。話し声にわめき声、せわしく歩き回る足音、警笛《けいてき》。ロブ牧師《ぼくし》に気がついた。さよならと腕《うで》を振《ふ》る人たち。ほっぺたから流れる涙《なみだ》を手でぬぐう人たち。

「そばを離《はな》れないで」母さんがわたしにいう。

「各自《かくじ》、自分で持ち運べる荷物に限《かぎ》る！」人々の頭上《ずじょう》に大声が響《ひび》く。

父さんがスーツケースに、わたしたちの登録番号《とうろくばんごう》の入った下《さ》げ札《ふだ》を付けてくれている。わたしたちは長い列に並《なら》んだ。

母さんがおじいちゃんの腕《うで》をとる。列の先頭で、騒《さわ》ぎが起きた。ひとりの子どもが列を離《はな》れた。スーツケースのふたがはじけて荷物がこぼれ出している。突然《とつぜん》、わたしたちの番になった。

「10431３です」父さんがいい、わたしたちの下《さ》げ札《ふだ》を指さす。父さんは大声でいう。胸《むね》を張《は》り、頭をしゃんとあげて。

わたしたちの後ろで赤ちゃんがぐずりはじめた。

トモがクンクン鳴く。わたしはトモの脚《あし》をつねった。おじいちゃんが鳴き声に気づくかもしれない。

「スーツケースを、そこに置くんだ」兵士がいう。兵士がわたしを指さし、何かいおうとしたとき、赤ちゃんが泣き出した。兵士は頭を振《ふ》ると、わたしたちにフェリーボートのほうへ行くよう合図《あいず》した。

赤ちゃんが泣き出してくれてよかった。

父さんと母さん、そしておじいちゃんは下の甲板《かんぱん》の座席《ざせき》についた。わたしは新鮮《しんせん》な空気を吸《す》いたいふりをしたので、もう二、三段《だん》高い場所にある柵《さく》の近くに行かせてくれた。

コートの中をのぞくと、トモがわたしの顔をじっと見つめた。ハアハアあえいでいて、暑《あつ》がっているのがわかった。だけど、外には出してやれなかった。わたしはなんとか体《からだ》の向きを変えて、コートの中に涼《すず》しい風を入れようとした。

わたしたちの船の旅が始まり、島はどんどん小さく縮《ちぢ》んでいって、とうとう霧《きり》の中に消えた。島は見えなくても、まだそこにあるんだろうか？

本土《ほんど》のほうに目を向ける。本土《ほんど》はいきなり姿《すがた》をあらわし、やがて本土《ほんど》しか目に入らなくなった。

ほんのちょっとした旅行。一時間もかからない。

だけど、すごく長い旅だった気もする。家からうんと遠くにきたような。

母さんがわたしを呼《よ》ぶ。もう一度、トモを隠《かく》したコートの前をしっかりと合わせて、家族のほうに戻《もど》る。わたしを見るなり母さんは、髪《かみ》の毛《け》がくしゃくしゃじゃないのとか、襟元《えりもと》がゆがんでいるとか、口うるさくいう。母さんの目が、何かをわきに抱《かか》えてるわたしの腕《うで》に向けられた。

「コートの下に何があるの？」母さんがたずねる。

トモがコートのボタンとボタンの間から、鼻先を突《つ》き出した。

「マナミ、なんてことをしたの?」

「母さん――」わたしはいう。「トモを置いては行けない」

「シーッ」母さんがいう。「希望を持つのよ」

おじいちゃんが、どうしたんだ? という目で見ているのに気がついた。母さんは、さっとわたしの目を見て、何も言うんじゃないわよと合図《あいず》した。

フェリーから降《お》りるときは、乗るときみたいに長く列に並《なら》ばなくてよかった。船に一緒《いっしょ》に乗っていた兵士が、列車までわたしたちを乗せていくバスに案内する。バスの横には新しい兵士がひとり立っていて、乗客と登録番号《とうろくばんごう》をチェックする。母さんはわたしを引《ひ》き寄《よ》せて歩き、トモはふたりの間にはさまるかっこうになった。

新しい兵士は、わたしたちに乗車の合図《あいず》をする。前を通るとき、その兵士がわたしに目をとめた。わたしの腕《うで》に。母さんの腕《うで》に。

「止《と》まれ!」兵士は大声を出した。みんなその場に凍《こお》りついた。父さん、おじいちゃん、母さん。列のほかの人たちも。

「何を隠《かく》している?」兵士がわたしに聞く。

父さんがわたしを見つめ、それから母さんのほうを見た。

わたしはうつむいた。唇《くちびる》を引《ひ》き結《むす》んだ。

「おまえ！」兵士がいう。「コートの下に何がある？」

母さんがわたしのコートのボタンをはずすと、腕《うで》の中にぎゅっと抱《かか》えたトモが姿《すがた》をあらわした。

わたしは顔を上げた。

「マナミ！」父さんがいう。「まさか！」

母さんは泣いている。

「犬はだめだ！」兵士がいう。兵士は木の檻《おり》を指さす。

トモを檻《おり》になんて、入れられない。

母さんが両手で顔を覆《おお》う。父さんの顔が怒《いか》りで真《ま》っ赤《か》になる。

おじいちゃんがじっとわたしを見つめる。おじいちゃんはトモを抱《だ》き上《あ》げ、しゃがんで檻《おり》に入れる。

もう一度立ち上がったとき、おじいちゃんの肩《かた》はがっくりと下《さ》がり、涙《なみだ》が頬《ほほ》を伝っていた。

今度は、声をあげた。足を踏《ふ》み鳴《な》らして叫《さけ》んだ。

トモォォ――

4月

二日間、わたしたちは列車に乗っている。最初の日のことは、ほとんど覚《おぼ》えていない。

トモは、檻《おり》のすき間から鼻先を突《つ》き出《だ》していた。

父さんは、両腕《りょううで》でわたしを抱《だ》きしめてくれた。

母さんは、おじいちゃんの肩《かた》にそっと手をそえた。

でも、それでぜんぶ。

ずっと静かにしているので、だれもわたしが起きているのに気がついていない。

隣《となり》には父さんがいて、じっと背《せ》もたれにもたれたまま目を閉《と》じている。

母さんは父さんの向かいに座《すわ》っていて、やっぱり眠《ねむ》っている。

おじいちゃんは、窓《まど》を覆《おお》うブラインドをじっと見つめている。

通路の反対側の座席《ざせき》でも、みんな眠《ねむ》っている。リョウだけは、窓《まど》のブラインドの端《はし》から外をのぞいている。

兵士がリョウのほうへ歩いてくる。兵士のブーツは重いので、列車の音がやかましくても靴音《くつおと》はよく聞こえる。母さんが目を覚《さ》まし、前かがみになって父さんの膝《ひざ》をたたいた。ほかの人たちも目を覚《さ》ました。

リョウが兵士に気づいて、ブラインドの端《はし》をもとに戻《もど》した。

「おはよう」兵士がいう。兵士はブラインドを上げ、隣《となり》の窓《まど》へ移《うつ》り、次々にブラインドを上げていく。

別の兵士が、食べ物の入った箱を乗せたカートを押《お》してくる。

「朝食だ！」兵士は大声をあげた。

兵士たちは、わたしのご近所さんたちに混じって座《すわ》り、一緒《いっしょ》に食べたりしゃべったりしている。近所の人たちは兵士を恐《おそ》れているようには見えない。そして、兵士たちもわたしたちを怖《こわ》がっていない感じだ。

父さんが兵士の近くに移動《いどう》し、一緒《いっしょ》に食べて話をする。

母さんは果物《くだもの》やパンの入った箱を持ってきた。おじいちゃんに差し出す。

「いいや、けっこうだ」おじいちゃんがいう。

キミが父さんの座席《ざせき》に移動《いどう》してきた。

わたしのほうに体《からだ》を寄《よ》せてささやいた。

「トモのこと、残念《ざんねん》だね」

そのことは、考えたくない。

目を閉《と》じて、眠《ねむ》っているふりをする。

たぶん、眠《ねむ》ったんだ。

目を開けると、朝食のカートは行ってしまい、キミもいなかった。父さんもいない。母さんはいて、おじいちゃんの肩《かた》にまた手を置いている。

「ひどいところだ」だれかの声が聞こえた。

「何にもない」別のだれかの声が聞こえた。「木はどこにあるんだ？」

「こんなところで終わりたくないぞ」また別のだれかがいう。

列車は速度を落とし、停車《ていしゃ》した。

わたしたちは列車を降《お》りて、待っていた何台ものバスに乗りこむ。目的地までバスで行くんだ。

近づくにつれて、座席《ざせき》の窓《まど》からいろんなものが見えてくる。

フェンス。

有刺鉄線《ゆうしてっせん》。

監視塔《かんしとう》。

黒いタール紙《し》（タールをしみこませた重量《じゅうりょう》のある製紙用《せいしよう》パルプやダンボール紙《し》。防水力《ぼうすいりょく》があり、屋根板の下などに使われる）で覆《おお》われた建物。

赤い色の土。

「マンザナ」と表示《ひょうじ》されている。

ひどいところだ。

そして、わたしたちの旅はここで終わった。

兵士たちはバスを降《お》りるのを手伝い、荷物が降《お》ろされる間、一つのグループにまとまっているよう合図《あいず》した。見たこともない人たちがたくさんいた。いったいどこからやってきたんだろうか。

指示《しじ》を待つ間、母さんがいう。

「砂漠《さばく》。どこにも水がない。植物もない」

母さんの頬《ほほ》は、涙《なみだ》でぬれている。

「これは刑務所《けいむしょ》よ」母さんがいう。

「兵士たちは、ここが村になるといっている」父さんがいう。「わたしたちが村を作るんだ」


兵士が書類《しょるい》を見てわたしたちの登録番号《とうろくばんごう》を呼《よ》んだ。

島の住民たちはその兵士のあとについていく。

「第一区！」兵士が、右手にある黒く覆《おお》われた建物の列を指さして、どなるようにいう。

「管理棟《かんりとう》！」兵士はまた大声でいい、左側を指さした。

わたしたちは建物を通《とお》り過《す》ぎ、舗装《ほそう》されていない道を横切る。

「第二区！」兵士は、右手に並《なら》ぶさっきとは別の黒っぽい建物の列を指さす。

「ガレージ！」兵士が左を指さしてどなる。

わたしたちは、また舗装《ほそう》されていない道を横切る。

「第三区！」兵士が右手をさしてどなる。「おまえたちはここだ」

第三区はほかの区画《くかく》と同じように見える。黒く覆《おお》われた建物がずらりと二列に並《なら》んでいる。でも、第三区にはまだ完成《かんせい》していない建物もある。

ここが、わたしたちベインブリッジ島の家族が暮《く》らす場所だ。

「一つの区画につき、十四の居住棟《きょじゅうとう》がある」兵士が説明する。「どの居住棟《きょじゅうとう》も四つの部屋に仕《し》切《き》られている」

兵士が一つの建物をたたいていう。「一号棟《とう》」続いて登録番号《とうろくばんごう》を読み上げ、それぞれの家族に割《わ》り当《あ》てた部屋を指示《しじ》した。

兵士は二号棟《とう》、三号棟《とう》と進んだ。四号棟《とう》で、わたしたちの番号を呼《よ》んだ。

「はい」父さんが返事をした。

中に入る前に、わたしは建物の黒い壁《かべ》に手を触《ふ》れた。ざらざらで、少しべたついている。

わたしたちが部屋に入ると、島のほかの住民も入ってきた。サトウさん一家だ。人数を数えてみる。ここには十人いる。でも、簡易《かんい》ベッドはたったの八つしかない。

母さんが奥《おく》のほうへ歩いていき、四つのベッドをくっつけて、一つの長方形《ちょうほうけい》にする。

父さんとサトウさんが外へ出ていく。

おじいちゃんが簡易《かんい》ベッドの一つに腰《こし》をおろした。

「わしは長生きしすぎた」おじいちゃんがいう。

おじいちゃんの言葉を聞いて、胸《むね》がつぶれそうになる。

母さんがおじいちゃんのところに駆《か》け寄《よ》り、両手を握《にぎ》る。

「すべて、うまくいきますよ」母さんはいう。

サトウさんの子どもたちは、みんなひとかたまりになって床《ゆか》に座《すわ》っている。

母さんはサトウさんの奥《おく》さんのスーツケースの整理と、ベッドの移動《いどう》を手伝ってあげる。サトウさんの奥《おく》さんは大きなお腹《なか》をしていて、もうすぐ赤ちゃんが生まれるのだ。

「座《すわ》って」母さんがサトウさんにいう。「体《からだ》を休めないと」

奥《おく》さんが泣き出した。

わたしはおじいちゃんの横のベッドに、膝《ひざ》を抱《かか》え丸くなって座《すわ》った。

母さんが壁《かべ》に釘《くぎ》を打って、片方《かたほう》の壁《かべ》からもう片方《かたほう》の壁《かべ》までひもをはった。そのひもの上にシーツをかける。

「これで少しはプライバシーが守れるわ」母さんがいう。

まわりを見る。サトウさん一家の息づかいが聞こえる。せまい場所にたくさんの人のにおいがする。プライバシーなんて、ここにはない、わたしはそう思う。

大きな鐘《かね》の音が鳴り響《ひび》いて、サトウさんの子どもたちが体《からだ》をこわばらせた。鐘《かね》は鳴り続け、子どもたちが泣き出す。サトウさんの奥《おく》さんが子どもたちをなだめる。何が起きたのか、母さんが調べに出ていく。

「夕ご飯の時間ですって」戻《もど》ってきた母さんがいう。「みんな自分のお皿《さら》を持っていくのよ」

サトウさんの奥《おく》さんと子どもたちが行ってしまうと、母さんはわたしの手をとった。

「行きましょう、マナミ」母さんは、ベッドに座《すわ》っているわたしを引っぱって立たせる。

わたしは母さんの手を離《はな》さない。

「お父さんは？」母さんがおじいちゃんにたずねる。

「腹《はら》は空《す》いていない」とおじいちゃん。

「なにか持って帰ってきます」母さんがいう。

母さんとわたしはお皿《さら》を持って、外のご近所さんたちに加わった。長い列は黒く覆《おお》われた居住《きょじゅう》棟《とう》の間を縫《ぬ》うように、大きな建物に向かって続いている。第三区の人たち全員がいるようだ。

「マナミ！」列の前のほうにいたキミが、手を振《ふ》る。列を出てスキップしながら、わたしたちのところにやってきた。

「うちの棟《とう》は満員《まんいん》よ」キミがいう。「わたしたちは七号棟《とう》。マナミたちは何番？」

母さんがキミに答える。

「四号棟《とう》よ。あなたのところはだれと一緒《いっしょ》？」

キミと母さんが話す声が聞こえるけど、どうでもよかった。

キミがわたしの手をぎゅっと握《にぎ》る。

「またね」そういって、キミは列の前にいる母親のところに戻《もど》っていった。

父さんがわたしたちに加わり、この、のろのろ行列に並《なら》ぶ。ドアの近くに「食堂　第三区」と表示《ひょうじ》が出ている。

食堂にはテーブルと長椅子《ながいす》がずらりと並《なら》んでいる。行列は食堂の奥《おく》まで続いていて、そこで食事が出される。長いカウンターだ。向こう側に三人の人が立っていて、わたしたちのお皿《さら》に食べ物をよそってくれる。食事をお皿《さら》にのせて、母さんと父さんについて空《あ》いている席まで行った。

食堂は低い話し声と、フォークがお皿《さら》にあたるカチャカチャという音で騒々《そうぞう》しい。

お腹《なか》が空《す》いていたので、お皿《さら》の上のマッシュポテトをひとすくい口に入れた。

粘《ねば》りが強くて、飲みくだそうとすれば、よけいに口の中でねばねばしてくる。こんなポテトは嫌《きら》いだ。

でも、わたしはお腹《なか》が空《す》いている。それで、お皿《さら》の上のトウモロコシをかじった。

味がしない。だけど、ポテトみたいにねばねばもしていない。

肉みたいなものもあった。四角い形をしている。

島で食べていたお茶碗《ちゃわん》によそったご飯と、果物《くだもの》の盛皿《もりざら》のことを考えて、まずさをまぎらわす。

空腹《くうふく》だったので、出されたものは食べた。だけど、どれも嫌《きら》いだ。

しばらくして気がついた。

しゃがみこんでうんと地面に近づいて見れば、ここの土を砂《すな》だと思いこむことができる。

裸足《はだし》で立てば、ここの土は海岸の砂《すな》のように感じられる。

だけど、そう口に出そうとしたとたん、もう砂《すな》のようじゃなくなった。

土は唇《くちびる》や舌《した》に、赤い泥《どろ》のようにはりつく。のどにもべったりくっついて声が出ない。

これがわたしに起こったことだ。

この土が目にも入って、いっそ見えなくなればいいのに。そしたら、この場所を見なくてすむ。トモのいないここは、わたしの家であって、家でない。


「何かいって」母さんがいう。ここにきて二日経《た》つ。母さんはベッドの上で、わたしを後ろから抱《だ》きしめるようにして、耳元《みみもと》でささやく。

座《すわ》って、こんなふうにしてもらうのはいい気分だ。

「悲しいよね」母さんがいう。「怒《おこ》ってさえいるかもしれないわね」

じっと目を閉《と》じ、母さんの言葉に耳を傾《かたむ》ける。悲しみと怒《いか》り、そう、たぶん。

でも、ほとんどは恐《おそ》れと不安《ふあん》なのだ。

「外に出て、ほかの子と遊んでいらっしゃい」と母さんはいう。

ドアが後ろで閉《し》まる前に、おじいちゃんの声が聞こえた。

「そっとしておいてやれ」

「でも、口をきかないのよ」母さんがいう。

「時間をやるんだ」おじいちゃんがいう。

キミが、第二区と第三区の間の空《あ》き地《ち》から、手を振《ふ》っている。

たくさんの子どもたちが遊んでいる。

みんなおしゃべりしたり笑ったりしている。

ビー玉《だま》遊びをしている子がいる。

ボールで遊んでいる子もいる。

かたまって立ったまま、くすくす笑っている子たちも。

キミがわたしに質問《しつもん》する。でも、答えられない。

「わかった」キミがいう。「あんたが悲しいのは知ってる。あたしも、トモがいなくなって寂《さみ》しいよ」

「この子、どうしたの？」だれかが聞く。

「ほっといてあげて」キミがいう。

「どうして、しゃべらないの？」

「ほっといてあげてったら！」キミがもう一度いう。

キミがわたしの手をしっかりと握《にぎ》る。

だけど、ここにほかの子たちと一緒《いっしょ》にいたくない。

わたしは後《あと》ずさりした。キミがわたしを見て、手を離《はな》してくれた。

「あとでね」キミが小さな声でいった。

父さんは、ほかの父親たちと朝から働きだした。新しい建物を建てるために茂《しげ》みを払《はら》い、草を抜《ぬ》き、第三区の残りの住居《じゅうきょ》を完成させたりと一日中働いている。どの建物もわたしたちのところと同じだ。細長い建物で四つの部屋に仕切《しき》られている。みんなは、新しい区画《くかく》に居住棟《きょじゅうとう》をひたすら建てる。ぜんぶで三六区画《くかく》もある。

二週間後父さんは、第三区の新しい居住棟《きょじゅうとう》への引《ひ》っ越《こ》し許可《きょか》をもらってくれた。

「八号棟《とう》が完成したんだ」父さんは説明する。

わたしたちは父さんが新しい家だという部屋に、スーツケースを運んだ。部屋の中は、四号棟《とう》と同じだった。

新しい木材《もくざい》の香《かお》りが強くにおう。

窓《まど》から外のほこりが入ってくる。窓枠《まどわく》にすき間《ま》があった。

母さんは、枕《まくら》カバーに入れてきた玉ねぎとニンニクを土ごと外の地面にあけた。枕《まくら》カバーは洗濯《せんたく》して縫《ぬ》い目《め》をほどき、端《はし》を縫《ぬ》ってカーテンにした。母さんはそれを窓《まど》に釘《くぎ》で打ち付けた。

光は入るけど、ほこりはほとんど入ってこなくなった。

外に出て、おじいちゃんの熊手《くまで》を使って、居住棟《きょじゅうとう》の壁沿《かべぞ》いの土をならした。熊手《くまで》は、わたしのてのひらほどの大きさしかない。島では、この熊手《くまで》を使っておじいちゃんは砂《すな》に模様《もよう》を描《えが》いていた。

ここは広々としていて平《たい》らだ。ずっと遠くに山脈《さんみゃく》や松林が見える。海辺に似《に》ている、植物がない。だけど、海辺に似《に》てないともいえる、波がない。それで、おじいちゃんの熊手《くまで》で地面に波を描《えが》いた。おじいちゃんが戸口《とぐち》に出てきて、わたしを見た。

「うまいな」おじいちゃんがいう。

風が強くて、よく聞こえない。でも、ふいに遠くでトモの吠《ほ》える声が聞こえた気がした。トモはあの檻《おり》から逃《に》げ出《だ》して、バスを追いかけ、そして汽車のあとも見えなくなるまで追いかけたかもしれない。線路をたどればいいと知っていたかもしれない。何日も何日もかけて、今トモはわたしたちの近くにきたのかもしれない。風に乗って鳴き声が聞こえるくらい近くに。

きょろきょろと、あたりを見回す。

でも、トモの姿《すがた》は見えない。

それに、もう鳴き声も聞こえない。

おじいちゃんが戻《もど》っておいでと身振《みぶ》りで呼《よ》んでいる。


新しい部屋での最初の日、母さんは早起きした。お日様が昇《のぼ》る前に、もう荷物の整理はすんでいた。壁《かべ》に作りつけてある棚《たな》の上には、お皿《さら》と緑茶《りょくちゃ》の缶《かん》とタオルを置いた。棚《たな》の下は、父さんの道具や魚釣《さかなつ》り用の箱を置く。ベッドは壁《かべ》ぎわに寄《よ》せた。部屋の真ん中にスーツケースを三つ積《つ》み上《あ》げてテーブルにする。それにシーツをかけて、テーブルクロスにした。

最後のスーツケースは、窓《まど》とドアから離《はな》れた部屋の隅《すみ》に置いた。きれいな布《ぬの》を上にかけて、我《わ》が家《や》の祭壇《さいだん》にした。布《ぬの》の上に、おばあちゃんの写真とおじいちゃんの両親の写真を飾《かざ》る。海岸から持ってきた貝がらを置いた。

次は外に出て玉ねぎやニンニクを埋《う》め、野菜の種《たね》をまいた。玉ねぎが一畝《うね》、ニンニクが一畝《うね》、ズッキーニが一畝《うね》、トマトが一畝《うね》、キュウリが一畝《うね》、そしてマクワウリが一畝《うね》。

植え終わると、母さんがいった。

「雨が降《ふ》りますように」

だけど、何日経《た》っても雨は降《ふ》らない。

母さんがぐちをこぼすと、父さんがいう。

「雨は降《ふ》るさ。冬には雪もな」

母さんが島を出ることになるといったとき、返事が返ってこなかった質問《しつもん》を思い出した。

どこへいくの？

今はわかっている。砂漠《さばく》の牢獄《ろうごく》だ。砂漠《さばく》の村かもしれない。刑務所《けいむしょ》のような村。

どれくらい？

今はわかっている。畑を作らなきゃならないほどの長い時間。冬もやってくるほどの長い時間。

どうして？

その質問《しつもん》の答えはまだわからない。でも、我慢《がまん》できる。

母さんがノートの白紙のページを破《やぶ》り取《と》って、テーブルの上に鉛筆《えんぴつ》と一緒《いっしょ》に置く。

「今朝《けさ》、父さんがケイコとロンに手紙を出したの」母さんが続ける。「マナミもふたりに手紙を書いたらどう」

テーブルの前に座《すわ》り、紙を見る。

書きたいことはいっぱいある。

兵士が島からわたしたちを連れ出したこと。

兵士がトモを連れていってしまったこと。

おじいちゃんが部屋から出ようとしないこと。

もとの家に帰りたいこと。

結局は、どれも書かなかった。紙を慎重《しんちょう》に二枚《まい》に破《やぶ》り、一枚《まい》は兄《にい》さんのロンに、もう一枚《まい》はケイコ姉《ねえ》さんに書く。どちらにも、同じ内容《ないよう》で書いた。「来てください」

母さんがくれた封筒《ふうとう》に入れる。

「管理事務所《かんりじむしょ》で手紙を送れるわ」母さんがいう。「郵便屋《ゆうびんや》さんに渡《わた》すのよ」

部屋を出るとき、母さんは食堂のそばのポンプで水をくむのにボウルを二つ渡《わた》した。朝、畑に水をやるのがわたしの仕事になるという。でも、まずは郵便《ゆうびん》を出さないと。

手紙をポケットに入れ、ボウルはポンプのところに置いて、管理事務所《かんりじむしょ》のほうに歩いていく。

前髪《まえがみ》が突《つ》っ立《た》つほど、風が強い。

風の中に、犬の吠《ほ》える声がまた聞こえた。トモみたいだ。絶対《ぜったい》にトモだ。でも、姿《すがた》は見えない。

郵便局《ゆうびんきょく》の机《つくえ》の向こうに、黒い縮《ちぢ》れ毛《げ》の男の人が座《すわ》っている。警察官《けいさつかん》もいる。この警察官《けいさつかん》の顔はわたしと同じだ。日本人の顔。

「何の用かな、おじょうちゃん？」警察官《けいさつかん》がたずねる。

聞こえているけど、のどにほこりが詰《つ》まったみたいで返事ができない。

「おじょうちゃん、どうした？」警察官《けいさつかん》が繰《く》り返《かえ》す。「おじょうちゃん！」

建物から飛び出した。刑務所《けいむしょ》村の道を走って帰った。

母さんのボウルを置いてきたポンプに向かって走る。そこで、どうして、もうトモの鳴き声が聞こえないのかわかった。ポンプのそばに影《かげ》が見える。壁《かべ》に影《かげ》が映《うつ》っている。その中に、母さんのボウルから水を飲んでいるトモの影《かげ》が見えた。

わたしは急いだ。だけど、ボウルのところにたどり着いたとき、トモはそこにはいなかった。あるのは、ボウルだけ。息を整《ととの》えようと地面にしゃがむ。

わからない。トモの鳴き声を聞いた。トモの姿《すがた》を見た。あの子はどこにいるの？

ボウルに水を入れて、母さんの畑で空《から》にする。そのとき手紙のことを思い出した。母さんがかわりに出してくれるかもしれない。

ボウルを下におろし、ポケットに手を入れる。でも、手紙はなかった。失《な》くしていた。

5月

母さんの畑から芽《め》が出た。キュウリとズッキーニが一番初めで、ほかのも次々と芽《め》を出した。母さんはハーブも追加《ついか》で植えた。それで、わたしが世話をする畝《うね》は八つになった。雨が降《ふ》らなくてひとつうれしいのは、雑草《ざっそう》が生えてこないことだ。

母さんの作物たちを枯《か》らさないようにするには、ものすごく手間がかかった。お昼どきには、太陽はかんかん照りになるので、わたしは作物が干《ひ》からびて枯《か》れないようにうんと水やりをしないといけない。

母さんは毎朝、毎晩《まいばん》、畑のようすを見ている。残りの時間は、近所の人たちと話をしたり、サトウさんの奥《おく》さんを手伝って大勢《おおぜい》いるサトウ家《け》の子どもの面倒《めんどう》を見てあげたりしている。

父さんは朝から晩《ばん》まで働いている。父さんと仕事仲間が居住棟《きょじゅうとう》を建てているあいだ、ゴミの山が一日中大きくなっていく。ゴミの中にはあまった材料がある——といっても、曲《ま》がっていたり、壊《こわ》れていたり、小さすぎたりで、仕事では使えないものばかりだ。

一日の終わりになると、仕事仲間が集まって、ゴミの山をながめ、好きなものを持って帰る。そうすると、ゴミの山はほとんど片《かた》づいてしまう。

父さんはおじいちゃんにと、木切《きぎ》れや針金《はりがね》、それに曲《ま》がった釘《くぎ》などを持ち帰ってきた。おじいちゃんは開《あ》け放《はな》たれたドアのそばで、こうしたあまりもので作った椅子《いす》に座《すわ》って、一日を過《す》ごす。

しかめっ面《つら》で、木切れや針金《はりがね》を握《にぎ》り、小さな木で動物たちを作る。

目は手元《てもと》に集中しているときもあるけど、遠くを見ているときもある。

おじいちゃんが何を見つめ、何を待っているのかわかる。

わたしと同じようにトモを探《さが》しているんだ。

おじいちゃんは、ほかの人たちと一緒《いっしょ》に食堂ではご飯を食べない。食堂で食べないお年寄《としよ》りはたくさんいた。毎食、母さんかわたしが食後におじいちゃんの分をお皿《さら》に盛《も》ったまま持ち帰る。

父さんは働くようになって、わたしたちと一緒《いっしょ》に食事をすることがほとんどなくなった。仲間と一日の仕事を終えるのは遅《おそ》くて、仕事仲間と食事をする。帰ってくるのも遅《おそ》い。父さんと仕事仲間は、空が暗《くら》くなって星が輝《かがや》くまで話しこんでいる。

父さんが帰宅《きたく》したある夜、母さんがいいだした。

「食堂で調理人を募集《ぼしゅう》してるの」

おじいちゃんはもう眠《ねむ》っていたけれど、わたしはまだ起きていて、母さんと一緒《いっしょ》に座《すわ》っている。

父さんは返事をしない。

「マナミが畑を手伝ってくれるから、この調理の仕事ができるわ」母さんがいう。

「どうかな……」父さんはいう。「マナミがもう少しよくなるまで……」

父さんと母さんが、そこにわたしはいないみたいに話す。

首《くび》のあたりがチクッと痛《いた》む。

「何かしたいのよ」母さんがいう。「この部屋に押《お》しこめられて、不安なの。マナミは口をきかない。お父さんは怒《おこ》ってる。ロンとケイコはうんと遠くにいる。でももし、わたしも仕事で忙《いそが》しくしていたら……」

母さんがわたしの名前をいったとき、父さんがわたしの三《み》つ編《あ》みを引っぱった。

「お昼と夕ご飯だけよ」母さんがいう。母さんの指が父さんの指に触《ふ》れる。「わたしなら、今よりいい食事を作れると思わない？」

父さんが微笑《ほほえ》む。

「きみなら、もっとうまいものができる」父さんがいう。

父さんと母さんが手を握《にぎ》る。

それで、話が決まった。

父さんは働きにいく。

母さんは調理の仕事をする。

おじいちゃんは座《すわ》り続ける。

わたしはいったい何をするの？

畑の水やり。

おじいちゃんと一緒《いっしょ》に座《すわ》る。

トモを待つ。

次の日、キミがドアをノックした。

「あんたの母さんが食堂で働くって、聞いたんだけど」キミがいう。「うちの母さんも、働くんだよ。来月できる工場で、軍《ぐん》のカモフラージュネット（迷彩色《めいさいしょく》や茶色など、周囲《しゅうい》と近似色《きんじしょく》で作ったネットで、覆《おお》うことで戦車などを隠《かく》すのに使う）を作るの」

キミが部屋に入ってくる。

「こんにちは、おじいちゃん」とおじいちゃんに挨拶《あいさつ》する。

おじいちゃんはうなずく。

「座《すわ》って」キミがいう。

わたしの髪《かみ》をとかして、もう一度三《み》つ編《あ》みにしてくれる。

「まだ、話したくないの？」キミがたずねる。

話したい。

でも、声が出ないのだ。

「いいよ」キミはいう。「聞いた？　学校がはじまるんだよ。第七区の居住棟《きょじゅうとう》のどれかでだって。うちの母さんは学校に行きなさいって。あたしは行きたいよ。それに、あんたにも行って欲《ほ》しい。わかった？　約束する？」

わたしはうなずく。

キミはいろんな話を、いつまでもしてくれる。

おじいちゃんが、キミとわたしをじっと見つめているのがわかる。なにをいってるのかわからないほどキミが早口でしゃべるときには、おじいちゃんの口元《くちもと》に笑《え》みさえ浮《う》かんでいるように見えた。

「キミは友だち思いだな」キミが帰ると、おじいちゃんはいった。「あの子は、ここでも楽しそうだ」

それは本当だ。だけど、キミはどんなときでも楽しそうにしている。

「いつか、おまえもここが楽しくなるといいな」おじいちゃんがいう。

日を追うごとに、刑務所《けいむしょ》村に人がどんどん増《ふ》えている。父さんたちが一つの区画《くかく》の居住棟《きょじゅうとう》を建て終わると、新しく来た人たちですぐに埋《う》まってしまう。日系人《にっけいじん》を乗せたバスは次から次へとやってくる。

この人たちは、島からきたわたしのご近所さんたちとは違《ちが》っていた。農村《のうそん》や漁村《ぎょそん》じゃなくて、みんな都市からやってきた人たちだ。ワシントン州ではなく、カリフォルニア州から来ていた。そして、島からきたわたしのご近所さんとは、あまり仲良くしなかった。

あまりに多くの人たちがやってきたので、うまく把握《はあく》できなかった。第三区のわたしのご近所さんのことはわかっている。でも、第四区とか第五区、第一五区に入った新しい人たちのことはわからない。

父さんは、病院やお店を建てる計画があって楽しそうだ。

母さんも古いリンゴの果樹園《かじゅえん》を再生《さいせい》させる計画があり、やっぱり楽しそうだ。

わたしはキミが話してくれたことを考える。学校……。

学校は楽しいかもしれない。

でも、そしたら、だれがおじいちゃんのそばにいる？

少なくとも、家の玄関《げんかん》は道路に面《めん》している。

ドアが開いていたら、おじいちゃんは行《い》き交《か》う人々のようすや話し声、トラックの往来《おうらい》なんかも見たり聞いたりできる。

だけど、おじいちゃんはわたしと同じだ。

おじいちゃんはトラックや人々のことなんて、どうでもいいんだ。

おじいちゃんは、トモを探《さが》しているんだ。

おじいちゃんは、トモを待《ま》っているんだ。


昨日の夜遅《よるおそ》く、いつもならもう眠《ねむ》っているはずの時間。

でも、疲《つか》れていなかった。

だれかがドアをノックする音に、目を開けた。

母さんは盗《ぬす》み聞《ぎ》きをするのは無作法《ぶさほう》だという。ほかの人の話には耳をふさぎなさいと。

でも、一部屋にみんな一緒《いっしょ》に暮《く》らしていれば不可能《ふかのう》だ。

だから、母さんのいうとおりにしなくていいのがうれしい。

ささやくような声、聞《き》き覚《おぼ》えのある声。兄《にい》さんのロンの声だ。

ロンがドアを開けてといってる。

父さんが返事をする、その声はしゃがれて低《ひく》い。

母さんが声をあげる、その声は優《やさ》しくちょっと高い。

おじいちゃんが立ち上がって、ドアのほうに歩いていく。

わたしはベッドから飛び出して、兄《にい》さんの腕《うで》にかけこんだ。

わたしは思った。

今夜ここを出て島に戻《もど》れるのかしら、それとも明日の朝になってから出発するのかしら。

列車と船に乗って帰るのかしら、それともロンが乗ってきた車で一緒《いっしょ》に行くことになるのかしら。

ロンに話しかけようと、のどを大きく開いたとたん、父さんがわたしをロンから引きはがした。

「どうして、ここに来た？」父さんが問いただす。

「来《こ》ずにはいられなかったんだよ、父さん」ロンがいう。

「学校はどうした？」父さんは問いただす。

「父さんたちがここにいるのを知ってて、学校にいられないよ」ロンはいう。

「ここは刑務所《けいむしょ》だぞ」父さんがいう。「学校にいる限《かぎ》り、おまえは自由だったのに！」

わかってきた。ロンはわたしたちを助けにやってきたんじゃない。

島に連れ戻《もど》すためにきたんじゃない。

トモを探《さが》しにきてくれたんでもない。

「わたしは来てくれてうれしいわ」母さんがいう。「家族は一緒《いっしょ》にいるほうがいい」

「ケイコは来《こ》られなかった」ロンがいう。「あいつは、――」

「いいのよ」母さんがさえぎる。「ケイコは、ここに耐《た》えられるほど強くないわ」

「ちがう」ロンがいう。「ケイコも来たかったんだ。だけど、一人は外《そと》の世界にいるほうがいいと考えた。何かのときのために」

わたしののどは泥《どろ》になった赤土《あかつち》にべったりと覆《おお》われ、またきゅーっとすぼまる感じがした。

わたしの手紙。一通はロンに、そしてもう一通はケイコ姉《ねえ》さんにあてた手紙。

失《な》くしたと思っていた。だけど、あの日の風は強かった。

強い風がわたしの手紙を舞《ま》い上《あ》げ、遠くインディアナまで運んだのだ。

書いた言葉を覚えている。

来てください、だけ……。

助けにきてください、でもない。

トモを探《さが》しにきてください、でもない。

トモを探《さが》しに、そして、わたしたちを助けにきてください、でもない。

もっと、わかってきた。もっともっと……。

トモが、島からうんと離《はな》れた本土《ほんど》でひとりぼっちになったのは、わたしのせいだ。

おじいちゃんが笑わなくなったのも、わたしのせいだ。

ロンが大学からうんと離《はな》れたこの刑務所《けいむしょ》村で、わたしたちと一緒《いっしょ》にいるのだって、わたしのせいかもしれない……。

6月

ロンと母さんとわたしは、一緒《いっしょ》に食堂で朝ご飯を食べる。

「学校が始《はじ》まるわ」母さんがいった。

ロンは楽しそうだ。ロンにも仕事ができた。上級生のクラスを教える。

「今日は急ぐんだ」ロンがわたしにいう。「だから、一緒《いっしょ》には学校に行けないけど、いいかい？」

返事を待つ間、ロンはわたしを見ていない。

でも、母さんはわたしを見ている。

わたしがうなずくと同時に母さんが「だいじょうぶよ」と答えた。

「学校は、おしゃべりをするにはもってこいだな」とロンがいう。

わたしは、じっとお皿《さら》を見つめる。

「時間をあげて」母さんがそっという。

母さんは、わたしに聞こえないと思っているんだろうか？

ロンはわたしの腕《うで》をぽんとたたく。

「話す準備《じゅんび》ができたら、そうすればいい」ロンがいう。「だけど、学校はおしゃべりするにはいいところだよ」

朝ご飯のあと、一番いいワンピースに着替《きが》えて学校に行きなさいと、母さんはいった。

第七区には、学校に行く子がたくさんいる。全員ではないけど、ほとんどがわたしのような日本人の顔をしている。建物《たてもの》に学年の表示《ひょうじ》がある。表示《ひょうじ》のそばに大人《おとな》が立っている。兵士でも警官《けいかん》でもない。先生だ。こういう大人《おとな》たちも多くはわたしと同じ顔をしている。冷《ひ》やかな目つきをした大人《おとな》が一人いた。

「所長《しょちょう》さんよ」と母さんがわたしに耳打ちした。「全員の管理《かんり》をするのよ」

母さんが、「4、5、6年」という表示《ひょうじ》を見つけ、わたしたちは列に並《なら》んだ。ロンの教室も同じ建物なのがわかってうれしい。ロンは「7、8、9年生」の表示《ひょうじ》のそばに立っている。ほかにも三人の先生がこの建物のそばに立っていて、列はそれぞれの先生の前にのびている。高校生は別の建物で、ここはそれよりも学年の低い子どもたちばかりだ。

やっとわたしの順番がきて、母さんが先生に紹介《しょうかい》してくれた。先生は優《やさ》しそうな顔をしていた。ブロンドの髪《かみ》をねじって頭に巻《ま》きつけている。先生はわたしに手を差し出してにっこりした。わたしはその手にちょっとだけ触《ふ》れた。

名前をいわないといけないのはわかっていた。

「マナミです」母さんがわたしのかわりにいった。

それから母さんはわたしのほうに頭を寄《よ》せた。母さんが心配そうな顔をした。悲しそうな目になった。

「だいじょうぶよ」母さんはわたしにいった。そして、行ってしまった。

わたしは先生やほかの生徒たちと教室に入った。この教室はわたしたちが暮《く》らす、八号棟《とう》の部屋と似《に》ている。家具が違《ちが》うだけ。でも、教室には机《つくえ》は一つもなかった。長椅子《ながいす》が何脚《なんきゃく》かあるほかは、テーブルと椅子《いす》が一組あるだけだ。

先生はわたしたちに座《すわ》るようにいう。

キミが自分の隣《となり》の席をとっておいてくれたのがうれしかった。

「島の学校と一緒《いっしょ》だね」キミがいった。

窓《まど》の外をのぞく。

もし島だったら、潮《しお》と魚のにおいがする。海風《うみかぜ》を感じる。

トモとおじいちゃんが、学校までわたしを送ってくれてたはずだ。

教室の前のほうにはブラウン先生が立っているはず。

島と一緒《いっしょ》のところばかりじゃない。

先生は壁《かべ》に貼《は》った大きな白い紙に、自分の名前を書いた。

ロザリー。

クラスのみんなが先生の名前を復唱《ふくしょう》した。きれいな名前だ。海岸で波が上下にうねっているようすを思い出す。

ロザリー先生は一冊《さつ》の本をまわして、順番《じゅんばん》に朗読《ろうどく》してといった。

キミがわたしに本を渡《わた》すとき、「読んで、マナミ」とささやいた。

好きな言葉ばかり、種《たね》や木の言葉。

「読める?」ロザリー先生がわたしにたずねる。

もちろん、わたしは読める。わたしはちゃんと読んだ。

「マナミ?」ロザリー先生がもう一度たずねた。

「マナミはしゃべりません」キミがいう。

「しゃべれないの?」ロザリー先生がたずねる。

「ここに来てから、ずっとなんです」キミはいう。

ロザリー先生がわたしに石盤《せきばん》とチョークを渡《わた》す。

「字は書ける?」

わたしは石盤《せきばん》とチョークを受け取った。先生の名前を書いた。波のようにカーブさせた文字で。

それから二つの目と、とがった鼻とピンと立った耳を描《えが》いた。

「トモだ」キミがいう。

ロザリー先生は次の生徒に本をまわし、わたしは長椅子《ながいす》の上にチョークと石盤《せきばん》を置いた。

休み時間にみんなが外に出ていくとき、ロザリー先生はわたしだけ教室に残した。

「お友だちになりたいわ、マナミ」ロザリー先生がいう。「あなたは何を考えているのかしら?」

ロザリー先生は管理棟《かんりとう》を指さした。

「わたしはあそこで暮《く》らしているの」

お医者さんが家族と管理棟《かんりとう》で暮《く》らしているのは知っている。外から来ているほかの労働者もだ。

でも、有刺鉄線《ゆうしてっせん》のフェンスに沿《そ》って配置《はいち》されている兵士や監視塔《かんしとう》の兵士たちは、収容所《しゅうようじょ》の外に住んでいる。

外からの労働者の居住区《きょじゅうく》も、わたしたちの居住区《きょじゅうく》と似《に》ていて、父親がいて、母親がいて、子どもたちがいて庭がある。

だけど、やっぱりわたしたちの居住区《きょじゅうく》とは違《ちが》っている。

そこの子どもたちは、ずっとフェンスの内側にいなくてもいい。

フェンスの外に買い物に出かけたり、映画《えいが》を観《み》に行ったりできる。

わたしたちの学校に通っている子どももいるけど、もっと大きい高校生たちは違《ちが》う。

その子たちはバスで別の学校に通っている。その子たちは、海まで行ってフェリーに乗《の》り換《か》え島へ渡《わた》ることもできる。

午前中はずっと、そのことを考えた。フェンスの外に行ける子どもたち。

自分の犬を奪《うば》われたりしない子どもたち。

お昼に学校が終わったとき、クラスメイトはおしゃべりしたり笑ったりし、先生にさようならと挨拶《あいさつ》した。

男の子たちはわたしを押《お》しのけて、一目散《いちもくさん》に飛び出していく。

キミはさよならって、わたしを抱《だ》きしめた。

島にいたときと同じように。

ドアのところでロザリー先生が、何枚《なんまい》かの紙と鉛筆《えんぴつ》を一本差し出した。

先生からの贈《おく》りものをもらうのが恥《は》ずかしくて、わたしはうつむいた。

先生はわたしの手をとり、てのひらに紙と鉛筆《えんぴつ》をのせてくれた。

その夜、一枚《まい》の紙を取り出して、簡易《かんい》ベッドの上に立てかけた。壁《かべ》にもたせかけるようにして。

もう一度、ロザリー先生の名前を書いてみようと思った。

それとも、もう一度、波の絵を描《か》こうか。

それとも、トモの顔。

紙と鉛筆《えんぴつ》は、眠《ねむ》る前にマットレスの下にしまった。

たぶん、明日絵を描《か》くだろう。


学校は毎日こんな感じだ。

生徒は静かに座《すわ》っている。

ロザリー先生が一冊《さつ》の本をまわす。

生徒はその本を順番に朗読《ろうどく》する。

本はわたしを通《とお》り越《こ》して、待っている次の手に渡《わた》る。

ロザリー先生が大きな紙に新しい言葉を書き、わたしたちはつづりを練習する。みんなで使っている石盤《せきばん》に交代《こうたい》で何度も何度も練習しながら。

ロザリー先生は、できたらもっと石盤《せきばん》を持ってくるといっている。

休み時間のあと、算数の勉強をした。ロザリー先生がわたしたちを小さなグループにわけ、それぞれ部屋のすみっこにいかせた。わたしたちは床《ゆか》に座《すわ》って先生が出してくれた算数の問題を石盤《せきばん》で解《と》く。足《た》し算、引き算、かけ算、割《わ》り算。先生がグループからグループに移動《いどう》して教えてくれる。

毎日、どんどん生徒が増《ふ》える。リョウがロザリー先生のために生徒を数えている。

最初の日は二一人の生徒がいた。

一週間後には三五人になった。

この教室の長椅子《ながいす》はぎゅうぎゅう詰《づ》めだ。

どの教室の長椅子《ながいす》もぎゅうぎゅう詰《づ》めだった。

こんな満員状態《まんいんじょうたい》でじっと座《すわ》っているのは難《むずか》しかった。でも、わたしたちは我慢《がまん》した。

朝ご飯からお昼ご飯までの時間、ロザリー先生は授業《じゅぎょう》をした。

お昼ご飯の合図《あいず》の鐘《かね》が鳴ると、学校は終わりだ。

お昼ご飯の行列に急いで並《なら》びにいく子どもたちを、ロザリー先生が戸口《とぐち》で見送る。

わたしは列の一番後ろで、いつも最後に教室を出る。

毎日先生は、戸口《とぐち》でわたしに紙をくれた。

それから隣《となり》のロンの教室をのぞいてみる。ロンが「また夕ご飯で会おう」と言って手を振《ふ》ってくれる。

家に帰るとおじいちゃんの横に座《すわ》って、ロザリー先生がくれた紙に絵を描《か》きはじめた。描《か》いた絵は白い紙と一緒《いっしょ》にマットレスの下にしまう。

ロザリー先生への贈《おく》りものにしよう。

いつもより早起きした。ロンと父さんはもう家にはいなかった。ふたりともシャワーを浴《あ》びにいったに違《ちが》いない。おじいちゃんはほかのだれよりも早起きだ。おじいちゃんの髪《かみ》がぬれているので、今朝《けさ》ももうシャワーを浴《あ》びてきたのがわかる。

母さんは、わたしがロザリー先生に贈《おく》る絵を決めるのを見ている。

気にいった一枚《まい》を選び出して、絵の余白《よはく》に先生の名前を書いた。

「先生に？」母さんがたずねる。「すてきなプレゼントね」

朝ご飯の前に先生のところに持っていきたかった。ほかの子たちが来《く》る前に。

絵を持って第七区まで走り、ロザリー先生の教室がある建物のステップをあがる。

だれの声も聞こえないし姿《すがた》も見えない。

ロザリー先生はまだ来ていないかもしれない。

ノックしたほうがいいのか、迷《まよ》う。

決める前に、ドアが開いた。

「おはよう」ロザリー先生がいう。
わたしはたたんだ紙を渡《わた》した。
ロザリー先生が紙を開く。父さんの漁《りょう》の船の絵だ、海岸近くに停《と》まっている。
「あなたがどんな絵を描《か》くのか、知りたかった」先生はいった。
まだ早くて、充分《じゅうぶん》静かだった。土を舞《ま》いあげるような風もほとんどない。
「あなたが暮《く》らしていたところ？」先生が聞いた。「すごくきれい」
母さんのところへ戻《もど》る途中《とちゅう》、次にどの絵を先生にあげようかと考えた。

「マナミ」母さんがある朝、わたしを呼《よ》んだ。「外にきてごらん。雨がくるわ」
まだ薄暗《うすぐら》かった。母さんが畑の世話をするのは、いつも夜明けだ。
母さんのそばに行き、気をつけて地面にしゃがんだ。
ふぞろいにのびた芽《め》はまだ細くて、茎《くき》ともよべない。
母さんのいうとおりだ。空気にいままでなかったにおいがする。
新鮮《しんせん》でまとわりつくような湿り気《しめけ》がある。
島の塩気《しおけ》を含《ふく》んだ湿り気《しめけ》とは違《ちが》う。ポンプのさびっぽい湿り気《しめけ》とも違《ちが》う。
この湿り気《しめけ》はみずみずしくてすっきりしている。
わたしの目やのどからほこりを洗《あら》い流《なが》してくれる。

この湿《しめ》り気《け》は雨の湿《しめ》り気《け》だ。

畑の世話をしているのは、母さんだけじゃない。第三区には、同じようにハーブや野菜と格闘《かくとう》している人たちがいて、畝《うね》や盛《も》り土《つち》の間にしゃがみこんでいる。薄暗《うすぐら》いけど、みんながあごを突《つ》き出《だ》して空を仰《あお》いでいるのが見える。わたしもみんなも雨を待っている。

空が明るくなってきた。それでもわたしたちはしゃがんだままだ。じっと待っている。静けさを破《やぶ》って、大きな鐘《かね》の音が鳴《な》り響《ひび》いた。食事の合図《あいず》だ。

ロンが、わたしたちの部屋の戸口《とぐち》に立っている。

「朝ご飯だ」ロンがいう。

母さんを見た。母さんはまだ空を仰《あお》いでいる。

食堂に行く前にポンプで水をくもうと、ボウルをつかんだ。

「今日はいいわ」母さんがいう。「雨がくる」

ロンとわたしは、しばらく母さんと待っていたが、ふたりだけで食堂にいった。父さんは先に行っていて、おじいちゃんは部屋に残っている。

朝ご飯のあと、学校までの道をロンは黙《だま》って歩いた。この沈黙《ちんもく》の中にいると、広い空間を湿《しめ》ったにおいが満たすのを感じる。

肌《はだ》にくっついた砂《すな》のむずむずする湿《しめ》ったにおいを思い出した。

霧《きり》のからみつくような湿《しめ》ったにおいを思い出した。

トモのふわふわした毛の、しっとりとしたにおいを思い出した。

体《からだ》いっぱいにこのにおいを吸《す》いこんだ。トモと鼻先をくっつけ合っている感じがする。両手で抱《だ》きしめると、トモの舌《した》がわたしの頬《ほほ》をぺろぺろなめてくれる。

「おまえが笑っているのを見ると、うれしいよ」ロンがいった。

ロンの言葉で、もう腕《うで》の中にトモが感じられなくなった。

「おまえの声が聞けたら、もっとうれしいな」とロンがいう。

地面を見つめて、わたしはうなずいた。声と同じように今は笑顔《えがお》もなくなったのをロンに見られたくなかった。

「また授業《じゅぎょう》のあとで」学校に着くと、ロンはいった。

ロンは、わたしのあごを上げて目をのぞきこんだりしない。母さんがするみたいに。

ロンは、かがんでわたしの目をのぞきこんだりしない。ロザリー先生がするみたいに。

ロンは、抱《だ》っこしてわたしの目をのぞきこんだりしない。父さんがするみたいに。

ロンは、わたしが見あげるまでじっと見つめて待ったりしない。おじいちゃんがするみたいに。

ロンは、わたしがうなずくと、肩《かた》をぽんとたたいた。

ロンには、それで充分《じゅうぶん》なのだ。

授業《じゅぎょう》が始まる前、すべての生徒と先生が校庭の国旗掲揚台《こっきけいようだい》の正面《しょうめん》に並《なら》んだ。新しくできたものだ。でもわたしたちは、できることを知っていた。今日の練習もしていた。

所長《しょちょう》さんがアメリカ国旗を揚《かか》げた。

「敬礼《けいれい》！」所長《しょちょう》さんがどなる。

わたしは胸《むね》に手をあてる。島でやっていたように。ロザリー先生が練習させたように。

「忠誠《ちゅうせい》の誓《ちか》い！」所長《しょちょう》さんがどなる。

わたしの周《まわ》りでぶつぶつと声がする。

「きみ！」所長《しょちょう》さんがどなる。「忠誠※の誓いだ！」

所長《しょちょう》さんの長い指がわたしをさす。

早鐘《はやがね》のように心臓《しんぞう》が打つ。

キミがわたしの腕《うで》をつねった。

「忠誠《ちゅうせい》の誓《ちか》いよ、マナミ！」

所長《しょちょう》さんがわたしのほうに重々《おもおも》しい足取りで歩いてくる。

わたしは、なんとか息を整《ととの》えようとする。

※忠誠の誓い　I pledge allegiance to the Flag of the United States of America, and to the Republic for which it stands, one Nation under God, indivisible, with liberty and justice for all.（私はアメリカ合衆国国旗と、それが象徴する、万民のための自由と正義を備えた、神の下の分割すべからざる一国家である共和国に、忠誠を誓います）アメリカ合衆国への忠誠の宣誓。合衆国国旗に顔を向け、右手を左胸の上に置き、起立して暗唱しなければならないと決められている。公式行事や公立学校で暗唱される。

「マナミ、」ロンの声がする。

みんな、わたしののどが土ぼこりでふさがっているのを忘《わす》れたの？

「できないんです、所長《しょちょう》さん」ロザリー先生がいってくれた。「この子、話せないんです」

所長《しょちょう》さんはわたしをじろじろと見つめてから、掲揚台《けいようだい》のほうへ大股《おおまた》で戻《もど》っていった。

再《ふたた》び「忠誠《ちゅうせい》の誓《ちか》い」が始まると、ロザリー先生がわたしの肩《かた》に腕《うで》をまわした。先生がわたしを引《ひ》き寄《よ》せる。わたしは目を閉《と》じた。

所長《しょちょう》さんはスピーカーから愛国歌《あいこくか》を一曲流した。

歌の中の自由という言葉を聞いて、胸《むね》の鼓動《こどう》は収《おさ》まってきた。

島にいたときは、この言葉やこの歌の意味もわかっていたつもりだった。だけど、いまはどうだかわからない。

歌が終わると、所長《しょちょう》さんは行ってしまい、みんなも教室に入っていく。

「みなさん、中へ」ロザリー先生がいった。先生はわたしを一緒《いっしょ》に引っぱっていく。

わたしたちが席につくあいだ、先生は教室の前のほうに立っていた。

「わたしが読むので、春から夏への自然の変化を感じ取って」先生がいう。「石盤《せきばん》に絵を描《か》いてもいいわ」

わたしの列に石盤《せきばん》が入ったバスケットがまわってきたので、石盤《せきばん》とチョークを取った。

うちのクラスにしてはめずらしく、とても静かだった。

わたしが石盤《せきばん》を床《ゆか》に落としたので、みんなびっくりした。

母さんがここにいたら、きっとこういう。「だいじょうぶよ」

ロザリー先生は「だいじょうぶよ」とはいわない。

先生は、春や夏やミツバチや芽吹《めぶ》きはじめた花の詩を読む。わたしの手は石盤《せきばん》の上を、上下に動き、ちょっと手を止《と》めてはまた描《か》いていく。チョークがすいすいと線を引いて軽《かろ》やかに飛び回り、くるくると円を描《えが》いて、絵はできあがった。

「きれいだわ」石盤《せきばん》を手に取ったロザリー先生がいう。しゃがんでわたしの目をのぞきこむ。

「わたしも季節の変化を、こんなふうに感じるわ」

授業《じゅぎょう》が終わっても雨は降《ふ》ってこない。でもわたしはまだ、雨が降《ふ》る前のにおいを感じる。

島にいたころは、一日中雨のにおいがしたわけじゃない。雨はざあっと降《ふ》り、さっとあがる。ときにたたきつけるように激《はげ》しく、ときに霧《きり》のように細かく優《やさ》しく降《ふ》る。こんなふうに手の届《とど》くところにずっと雨のにおいがただよったりしない。

学校を出る前にロンの教室に行った。手にはロザリー先生からもらった紙を握《にぎ》ったまま。

ロンは担任《たんにん》をしている三人の不良《ふりょう》っぽい男の子たちに話をしていた。その子たちはわたしより年上で、怖《こわ》かった。言葉は聞こえなかったけど、ロンが難《むずか》しい顔をしているのはわかった。

ロンが戸口《とぐち》にいるわたしに気づいて、おいでと合図《あいず》した。

「お入り、マナミ」ロンがいった。険《けわ》しい表情《ひょうじょう》が笑顔《えがお》にかわった。

不良《ふりょう》っぽい男の子たちは行ってしまった。

「絵を見てもいいかい？」ロンがいう。

真っ白い紙を一枚《まい》、ロンに渡《わた》した。

「ふーん」ロンは紙を裏返《うらがえ》して、また戻《もど》した。

「これは、たぶん」ロンは紙をもう一度ひっくり返した。

「あっ、そうか」ロンがいう。

「わかった」

後ろから笑いをこらえるような声が聞こえたので振《ふ》り向《む》くと、戸口《とぐち》にロザリー先生が立っていた。

「じゃましてごめんなさい」ロザリー先生はそういうと、立ち去ろうと向きをかえた。

「どうぞ、入って」ロンがいった。

ロンは紙を返してくれた。それから、わたしの後ろに立って、両手をわたしの肩《かた》に乗せた。

「ありがとう、ロザリー先生」ロンはいった。「今朝《けさ》はマナミをかばってくれて」

ロザリー先生の顔が赤くなった。

「どういたしまして」ロザリー先生がいった。

ロンはわたしの体《からだ》を戸口《とぐち》に向けた。

「もう少し、明日の準備《じゅんび》があるんだ」

学校からの帰り道、第九区にある建物の壁《かべ》のところに、先ほどの男の子たちがたむろしているのを見かけた。

食堂の前に並《なら》んでいる女の子たちの列から、キミが手を振《ふ》ってくれた。

お昼ご飯の前に、おじいちゃんのようすを見に戻《もど》った。

おじいちゃんはドアのそばの椅子《いす》に座《すわ》っている。

おじいちゃんのそばの地べたに腰《こし》をおろすと、わたしはおじいちゃんの手を握《にぎ》る。おじいちゃんの手は大きいけど、やせている。がっしりしているのに柔《やわら》かい。ぎゅっと握《にぎ》るとおじいちゃんもぎゅっと握《にぎ》り返《かえ》してくれた。わたしはおじいちゃんの手を自分の頬《ほほ》に押《お》しあて、もう一度ぎゅっと握《にぎ》ってから食堂に向かった。

遅《おく》れたら母さんが心配する。お腹《なか》は空《す》いていなかったけど、お皿《さら》を食べ物でいっぱいにした。

おじいちゃんに持って帰るのだ。

調理場から出てきた母さんは、わたしが一人でいるのを見ていった。

「ほかの子たちと一緒《いっしょ》に座《すわ》りなさい。食事が終わったら、おじいちゃんに何か持って帰れるようにするわ」

言われたようにほかの子たちと一緒《いっしょ》に座《すわ》った。でも、母さんが調理場に引っこむとすぐ、わたしは自分のお皿《さら》を持って、おじいちゃんのもとに急いだ。

おじいちゃんが食べ終わると、ロザリー先生にもらった紙におじいちゃんのための絵を描《か》いた。

トモの絵を描《か》いたこともある。でもおじいちゃんは見ようともしない。

今日は海を描《か》く。

波、砂《すな》、貝。

おじいちゃんが見る。

でも、笑わない。

湿《しめ》った砂地《すなじ》に、足跡《あしあと》を描《か》いた。

おじいちゃんの大きくてしっかりした足跡《あしあと》に、わたしの小さな裸足《はだし》の足跡《あしあと》が続いている。

だけど、わたしの絵は正しくない。

足《た》りないものがある。

砂地《すなじ》のあちこちに、もっとかすかで小さなしみをつける。

トモもそこにいたんだ。

絵をおじいちゃんの顔の前に持ち上げる。

おじいちゃんは目を閉《と》じた。

新しい紙を出して、母さんの畑を描《か》く。絵に夢中《むちゅう》になっていて、ロンが帰ってくるまで夕ご飯の時間だと気づかなかった。名前を呼《よ》ばれたので、顔を上げた。

紙と鉛筆《えんぴつ》を片《かた》づけていると、食堂から夕ご飯の鐘《かね》が聞こえてきた。

食堂の列は長くなかった。お皿《さら》に料理を盛《も》ると、母さんが端《はし》にちょうど二人分の席が空《あ》いている長椅子《ながいす》を指さし、そこに座《すわ》るように合図《あいず》をした。

ロンとわたしは、夕ご飯は母さんと食べられるように、なるべく早めに食堂に行くことにしていた。母さんは、一緒《いっしょ》に食べながら少し休憩《きゅうけい》する。

母さんは調理場に行くと、カップを三つと湯気《ゆげ》のたつティーポットを持ってきた。

あと少しだけ残っている緑茶《りょくちゃ》の葉は、母さんが大事にしているので、わたしたちが夕ご飯のときに飲むのは白湯《さゆ》だった。お茶の葉をまだ持っている人はわずかだった。みんなお白湯《さゆ》も飲まなくなっていた。でも母さんは、毎晩《まいばん》熱いティーポットを持ってくる。

料理を口にしようとしたとき、空に稲妻《いなずま》が光り、大きな音がとどろいた。

「やっと雨が降《ふ》るわ！」母さんがいう。

母さんはわたしの手を握《にぎ》り、戸口《とぐち》まで引っぱっていった。ロンが続く。ほかの人たちもいっぱいやってきた。

そして、雨が降《ふ》りはじめた。

母さんはわたしたちを外に連れ出した。わたしの手をとって、母さんがくるくるとまわる。ほかの人たちもわたしたちのダンスに加わった。食堂の前の庭は、泥《どろ》んこの人たちのうずができた。

雨はぽつぽつでも、しとしとでもなかった。雨は激《はげ》しく降《ふ》り注《そそ》いだ。

ポンプの水のように。シャワーみたいに。

雨は、笑っている顔と喜びのダンスの足を止《と》めさせるほど、降《ふ》り注《そそ》いだ。

母さんの顔がしかめっ面《つら》になるほど、降《ふ》り注《そそ》いだ。

「急《いそ》いで、ふたりとも！」母さんがいった。「うちの苗《なえ》を守らないと」

母さんの畑に向けて駆《か》け出《だ》した。雨はとても激《はげ》しくて、畑にはもう池《いけ》ができていた。

母さんが、痛《いた》めつけられた植物に、順々《じゅんじゅん》に触《ふ》れていく。

たたきつける雨に打たれて、植物たちは地面に倒《たお》れていた。きゃしゃな茎《くき》は折れている。ちっぽけな葉っぱは水にぷかぷか浮《う》いている。

その場にくずおれた母さんは、わたしを引《ひ》き寄《よ》せ、両腕《りょううで》でわたしの腰《こし》を抱《だ》きしめた。

母さんは、わたしのお腹《なか》に顔をうずめて泣いた。

雨は、まだ降《ふ》り注《そそ》ぐ。

ロンも母さんの横にしゃがみこんだ。

そのとき、降《ふ》りはじめと同じくらい突然《とつぜん》、雨が止《や》んだ。

「みんなで、苗《なえ》を助けよう」ロンが母さんに力強くいった。

「無理《むり》よ」母さんがいう。

「きっと助かるよ」もう一度ロンが励《はげ》ますようにいった。

ロンは母さんに手を貸《か》して立たせ、食堂のほうへ連れていった。

「なんてところなの、ここは……？」わたしは母さんのつぶやきを聞いた。

わたしは残って、足元《あしもと》のコリアンダーに手を触《ふ》れる。茎《くき》の太さはわたしの小指より細くて、長さはわたしの肘《ひじ》から先よりちょっと短いくらい。それが地面にぺたりと寝《ね》てしまっている。起こしてやっても、倒《たお》れる。二つの石ではさんでみても、充分《じゅうぶん》じゃない。

わたしはもっと石を探《さが》そうと、泥《どろ》の中に指を突《つ》っこんだ。すると上のほうの泥《どろ》をほんの少しどけてみただけで、その下の土がぬれていないのに気づいた。硬《かた》くて乾《かわ》いている。あれだけの雨が降《ふ》ったのに、乾《かわ》ききった植物たちにはもっとポンプから水をくんできてやらなきゃならない。

硬《かた》い地面からもう二つばかり石をほじくりだした。

水くみのボウルで、植物の根元《ねもと》に雨水をかけてやる。

今度はわたしが思った。

なんてところなの、ここは……？

母さんの畑を見回す。

助けないといけない植物だらけだ。

わたしは誓《ちか》う。

この畑は死なせない。

両手を泥《どろ》だらけにして畑にいるわたしを、ロンが見つけた。

「ここにいたんだ」ロンがいう。「行こう。夕ご飯を食べないと。そのあとで一緒《いっしょ》にやろう」

その週のことだ。父さんが夕ご飯の席に加《くわ》わったので、わたしたちはびっくりした。母さんとロンとわたしが座《すわ》って食事をしていると、父さんが食堂に入ってきた。ロンは先に食べはじめていたことをわびた。わたしは父さんの座《すわ》る場所を空《あ》けてあげた。母さんは自分のカップにお湯《ゆ》を注《そそ》いで、父さんの前に置いた。父さんはお皿《さら》を持っていない。

「何か持ってきましょうか?」母さんがたずねる。

「少しあとにするよ」父さんがいう。父さんの手が胸《むね》のところで止《と》まる。それからシャツのポケットに手を入れて、封筒《ふうとう》を引っぱり出した。

「ケイコからの手紙だ」父さんはそういって、母さんに渡《わた》す。

母さんがすばやく目をとおす。

「だめよ!」母さんが声をあげ、手紙をロンに押《お》しつけた。

ロンはゆっくりと手紙を読んだ。

「父さん」ロンがいう。「ぼくにはできない」

「これは、おまえがアメリカ人だという証《あかし》になるんだ」父さんがいった。

「どうして、ぼくがそれを証明《しょうめい》しないといけないんだ?」ロンがたずねる。「ぼくは頭の中でも心でも、自分が何者《なにもの》かわかっている」

父さんとロンはじっと見つめ合う。

同じテーブルについていた何人もの人が、やっぱりふたりを見つめている。それにわたしが気づいているのがわかると、みんな目をそらした。

父さんは食堂を出ていった。

父さんはご飯もチキンもわたしたちと食べなかった。

父さんはお白湯《さゆ》も飲まなかった。

「母さん」ロンがいった。

「わかってるわ」母さんはいう。「わたしも望《のぞ》んでいない」

どういうことなのか、とっても知りたかったけど、なんとか我慢《がまん》した。

食事が終わると、母さんは仕事の残りを片《かた》づけに、調理場に戻《もど》った。

「ケイコは、ぼくに軍隊《ぐんたい》に入れといってきたんだ」ロンがささやいた。「もう少ししたら軍《ぐん》がここで暮《く》らしている人たちの志願《しがん》を歓迎《かんげい》するだろうという、うわさがあるんだ。ケイコは、志願《しがん》すれば、ぼくはここの暮《く》らしから自由になれるといっている。だけど、どんな自由があるっていうんだ？　ぼくの家族をこんな刑務所《けいむしょ》みたいなところに放《ほう》りこんだ軍《ぐん》のために戦えというのか？」

昔みたいだ。母さんと父さんがわたしに聞かせたくないことを、ロンはわたしに話してくれる。

ロンが一枚《まい》の便せんを渡《わた》してくれた。

「これはおまえあてだよ」

「妹へ」手紙はそう始まっている。「マナミ、あなたが母さんのそばにいてくれて、本当によかった。しっかり勉強するのよ、そして、いつかあなたが大学に行くときには、わたしと一緒《いっしょ》に暮《く》らそうね。ケイコ」

昔は、大学生になってケイコ姉《ねえ》さんと一緒《いっしょ》に暮《く》らすのが楽しみだった。

今は、島に戻《もど》りたいだけだ。

7月

何日もかけて、ロザリー先生やほかの先生たちは独立記念日《どくりつきねんび》を祝う準備《じゅんび》をした。
詩を覚《おぼ》える生徒がいる。歌を覚《おぼ》える生徒もいる。
わたしは旗《はた》を作っている。上級生たちは「独立宣言《どくりつせんげん》」の一部を暗唱《あんしょう》する。
七月四日の独立記念日《どくりつきねんび》には、第七区の教室とは反対側の空《あ》き地《ち》にみんな集まった。
ロンはここに高校のホールを作る計画があるといってる。
所長《しょちょう》さんがいる。
第三区から、わたしの島のご近所さんたちもやってきた。
全部の区画《くかく》から人々がやってきた。学校の生徒、その親たち、祖父母《そふぼ》たち。
こんなにたくさんの人たちが集まるのを、今まで見たことがなかった。
今では一万人がこの刑務所《けいむしょ》村で暮《く》らしている、とロザリー先生が話してくれた。
わたしと同じ、黒い髪《かみ》と黄色い肌《はだ》をした一万の人たち。
わたしと同じ、日本の名前を持つ一万の人たち。
生徒は、親や祖父母《そふぼ》と向かい合うように、ずらりと並《なら》んだ。
わたしはキミの隣《となり》に並《なら》ぶ。
所長《しょちょう》さんが先生の一人に開始の合図《あいず》をした。
その先生はうなずき、高校生が一人前に出た。
「敬礼《けいれい》！」会場全体に聞こえるように声を響《ひび》かせた。

全生徒が右手を胸《むね》にあて敬礼《けいれい》をする。

だけど、大人《おとな》たちのなかには敬礼《けいれい》をしない人たちがいて、わたしははらはらした。

「誓《ちか》い！」その高校生は叫《さけ》んだ。

生徒たちは、「忠誠《ちゅうせい》の誓《ちか》い」を暗唱《あんしょう》しはじめた。

だけど、「忠誠《ちゅうせい》の誓《ちか》い」を唱《とな》えない大人《おとな》たちもたくさんいて、わたしは緊張《きんちょう》する。

「忠誠《ちゅうせい》の誓《ちか》い」を知らないのかもしれない。

それとも、知っているのにわざと唱《とな》えないのかもしれない。

所長《しょちょう》さんが立っている場所からだと、きっと見えてない。

「忠誠《ちゅうせい》の誓《ちか》い」がすむと、所長《しょちょう》さんは紙を見ながらお話をはじめた。でも強い風が吹《ふ》いてきたので耳に砂《すな》ぼこりがいっぱい入ってきて、所長《しょちょう》さんの言葉はほとんど聞こえなかった。


式典《しきてん》がすむと、その日はそれで学校はおしまいになり、お昼ご飯の時間になった。人の群《む》れも小さくなった。わたしたちも戻《もど》る。自分の区画《くかく》に。自分たちの棟《とう》へ。ロンと一緒《いっしょ》に食堂へ歩いていく。食堂に向かうわたしたちの手足に、後ろから強い風が吹《ふ》きつける。

第三区と第九区を区切《くぎ》っている道の向こう側で、数人の男の人が建物の影《かげ》にしゃがみこんでいる。わたしたちの島の人じゃなくて、都市部《としぶ》から来た人たちだ。

わたしがじっと見つめているのに、ロンが気づいた。

「おいで」ロンがいった。でも、ロンも立《た》ち止《ど》まってそちらを見ている。

ロンの視線《しせん》の先をたどる。

建物の影《かげ》で、ロンのクラスの不良《ふりょう》っぽい少年たちが、男たちのそばをうろついているのが見える。

「先にお行き、マナミ」ロンがいう。

胃《い》が痛《いた》くなる。ロンをあんな男たちや不良《ふりょう》と一緒《いっしょ》に残して行きたくない。

ロンがそっとわたしの背中《せなか》を押《お》す。

「ぼくもすぐ行くから」

肩越《かたご》しに影《かげ》の一団《いちだん》を見つめながら、わたしはできるだけ、ゆっくりと歩いていく。

ロンが近づくと、男が不良《ふりょう》少年たちの一人に紙きれを渡《わた》した。

少年は紙きれをクシャッと握《にぎ》りつぶしてポケットに押《お》しこんだ。

不良《ふりょう》少年とロンの会話は遠すぎてよく聞こえなかったが、少しだけわかった。昼ご飯。食堂に行け。

ロンがその場を離《はな》れ、不良《ふりょう》たちの数人がこそこそとついてくるのを見て、ほっとした。

風はもう一週間以上、止《や》むことなく吹《ふ》いている。

マンザナの風は激《はげ》しく、熱く、乾燥《かんそう》している。島を吹《ふ》く風もきついことはあったけど、冷たくて湿《しめ》っていた。島の風はわたしの顔を小さな水滴《すいてき》だらけにする。ここの風は顔中に砂《すな》ぼこりを吹《ふ》きつける。母さんがお湯《ゆ》でぬらした布《ぬの》で目元《めもと》をふいてくれるまで、まつ毛は砂《すな》で固《かた》まっている。髪《かみ》も母さんが時間をかけてブラシでしっかりとかしてくれるまで、砂《すな》まみれだ。砂《すな》ぼこりは、わたしの舌《した》とのどにどんどんたまっていく。

多すぎて母さんもぬぐいきれない。

ティーポットの熱い白湯《さゆ》を二杯《はい》飲んでも、ほこりは流れない。

でも、激《はげ》しく吹《ふ》く風の中に、わたしは別の音を聞いた。

クンクン鳴いているようでもあり、ウーウーうなっているようでもある。その間《あいだ》の声だ。

トモは、ほこりっぽい風の中のどこかにいるんだ。

朝、水をくみにポンプに歩いていくとき、トモの声を聞いた。

畑にしゃがんでいるとき、トモの声を聞いた。

食堂で母さんを待っているときにも、トモの声を聞いた。

トモのことが気がかりだ。

あの檻《おり》から、だれもトモを出してくれてなかったら？

わたしを探《さが》して、通りをうろついていたら？

トモが島へ帰るフェリーボートを見つけて、わたしたちの家で待っていたらどうしよう？

ロブ牧師《ぼくし》は、トモが戻《もど》ってることに気づかないかもしれないのに。

最悪《さいあく》なのはこうだ。

トモが汽車を追いかけて、このほこりっぽい風の中で迷子《まいご》になっていたら？

その日の授業《じゅぎょう》が全部終わったあと、ロザリー先生が戸口《とぐち》で紙を手渡《てわた》してくれたとき、わたしはひらめいた。

もしもこの風が、ロンにわたしの手紙を運ぶほど強いなら、トモを連れてくる力もあるかもしれない。

家に帰ると、一枚《まい》の紙にトモの絵を描《か》いた。

トモが今どんな姿《すがた》をしているかわからないので、最後に見た姿《すがた》、檻《おり》に無理《むり》やり押《お》しこまれたときの姿《すがた》を描《か》いた。トモの目を描《か》き、耳、しっぽを描《か》く。

トモは口を開き、吠《ほ》えている。前脚《まえあし》を檻《おり》の内側にかけて。

絵には約束をいっぱい書いた。

ここにおいで、トモ、ご飯のおかわりもあるよ、チキンもわけてあげる。

ここにおいで、トモ、息が切れるまで一緒《いっしょ》に走ろう。

ここにおいで、トモ、ベッドで一緒《いっしょ》に眠《ねむ》ろう。

朝早く起きた。母さんの畑に水やりをし、植物を順に点検《てんけん》する。土砂降《どしゃぶ》りの日のあと、植物たちはまた大きくなった。第三区を出て、管理棟《かんりとう》のほうに歩いていく。

わたしは建物の裏《うら》を通って、刑務所《けいむしょ》村を囲《かこ》むフェンスのそばまできた。わたしとの間にあるのは空《そら》と地面だけだ。

腕《うで》を頭上《ずじょう》高く上げてトモの絵を掲《かか》げ、願いをかける。

風がその紙をはためかす。

風はわたしの手からトモの絵をひったくると、フェンスの向こうに運んでいった。

わたしは、絵がはるか遠くに見えなくなるまで見送った。

マンザナの風の中に、トモへの約束の紙を託《たく》した。

学校が終わると、またトモの別の絵を描《か》いた。

島を出る日のようす。今度はわたしのコートに隠《かく》れているトモ。トモは、舌《した》を出してあえいでいる。見開いた大きな目。トモは丸くなって、おとなしくしている。

今度の絵にはもっと約束を書いた。

ここにおいで、トモ。おいで。うんと散歩して、一緒《いっしょ》に毛布《もうふ》にくるまろうね。

次の朝、その紙を風に飛ばすと、昨日よりももっと高く舞《ま》い上《あ》がった。

毎日、トモの絵を描《か》く。ある日は一枚。ある日は何枚《まい》も。

砂《すな》の上を駆《か》けているトモ。

おじいちゃんの椅子《いす》の下で眠《ねむ》っているトモ。

ドアの側《そば》で待っているトモ。

毎朝、トモが帰ってくるようにと願い、新しい約束を書いてマンザナの風に飛ばす。

トモの絵と約束を書いた紙が十枚《まい》を超《こ》え、二十枚《まい》を超《こ》え、三十枚《まい》を超《こ》えたとき、わたしは思った。

もう、一枚《まい》くらいわたしの絵がトモに届《とど》いているはずじゃないかしら。

それなのに、どうしてトモは来《こ》ないの？

わたしは最後の一枚《まい》を描《か》いた。

トモとおじいちゃん。砂浜《すなはま》でお気に入りの岩に並《なら》んで座《すわ》っているところ。

ふたりの前にあるのは海。ふたりの後ろは太陽。

これだと思った。この絵がきっと、トモを連れてきてくれる。

次の朝、その絵を風に飛ばすとき、わたしは約束は書かなかった。そのかわりに、こう書いた。

ごめんね、トモ！　ごめんなさい。

わたしはそれを高く掲《かか》げた。それからジャンプして風の中に放《はな》した。

わたしの目は風と砂《すな》ぼこりと涙《なみだ》でいっぱいになった。袖《そで》でぬぐうと、家まで走った。仕事に行く人たちを追《お》い越《こ》す。母さんの畑の横も走りぬける。

部屋に入ると、おじいちゃんの足元《あしもと》にへたりこんだ。

おじいちゃんの脚《あし》に抱《だ》きつき、話そうとした。

でも、わたしののどは固《かた》く閉《と》じたままだ。

おじいちゃんにごめんなさいといいたい。わたしを許《ゆる》してって、頼《たの》みたい。

だけど、一つの言葉も出てこない。

「トモがいなくなって寂《さみ》しいよなあ」おじいちゃんはいう。「わしもさ」

わたしは泣いた。気づくと、頭におじいちゃんの手が置かれている。顔を上げたら、おじいちゃんの手がわたしの頬《ほほ》に下りてきた。わたしはもう一度、目元《めもと》を袖《そで》でぬぐった。

「おまえの気持ちはわかってるよ」おじいちゃんがいう。「わしも同じ気持ちだ」

ロンはもう学校に出かけていて、授業《じゅぎょう》は始まっていた。

おじいちゃんと手をつないで学校に行くとき、心はまるで空《そら》を飛んでいるようだった。


その夜、おじいちゃんとロンとわたしは食堂の長いテーブルに一緒《いっしょ》についた。おじいちゃんはロンのほうに体《からだ》を傾《かたむ》けて話を聞いている。内緒《ないしょ》話ではなかったので、わたしは聞くのをやめた。

そのかわり、調理場の出入口をじっと見つめていた。

おじいちゃんが食堂に来《く》るのは初めてだった。母さんはおじいちゃんが食堂に来《く》る決心をしたのを知らなかったので、おじいちゃんに気がついたときの母さんを見たかった。

ティーポットとカップのバランスをとりながら、母さんが調理場から出てきた。母さんは、何歩か歩いたところで初めて、おじいちゃんに気づいた。母さんが足を止《と》めた。

わたしはおじいちゃんの腕《うで》に触《ふ》れた。

ロンが話すのをやめた。

母さんがまた歩きはじめる。

テーブルの上にティーポットとカップを置く。

母さんの頬《ほほ》に、涙《なみだ》が伝っている。

母さんが微笑《ほほえ》んでいるのもわかった。

かすかな微笑《ほほえ》み。静かな微笑《ほほえ》み。これは、島を離《はな》れて初めてみる母さんの微笑《ほほえ》みだ。

「お父さん、」母さんがいう。「来てくれたのね」

おじいちゃんはうなずいた。

「来たよ」

カップにお湯《ゆ》を注《そそ》ごうと、ティーポットを持ち上げると、母さんがわたしの手を押《お》さえた。

「待って」母さんがいう。

すばやく、ほとんど小走《こばし》りで母さんはテーブルを離《はな》れた。母さんは食堂を出ていった。数分後、両腕《りょううで》にボウルとお茶碗《ちゃわん》と小さな袋《ふくろ》を抱《かか》えて戻《もど》ってきた。

母さんはテーブルに着くと、自分の正面《しょうめん》にティーポットを置き、その隣《となり》にお茶碗《ちゃわん》を一つ置いた。

左側にはボウルを置く。母さんがお辞儀《じぎ》をする。

島にいたときにこれをやったのを覚《おぼ》えている。特別な儀式《ぎしき》だ。特別なときを記念《きねん》する儀式《ぎしき》。

お点前《てまえ》。

母さんがお点前《てまえ》の準備《じゅんび》をする。

おじいちゃんが姿勢《しせい》を正した。

ロンとわたしは膝《ひざ》の上に両手を置いた。

儀式《ぎしき》の中にはいくつも足《た》りないものがある。

テーブルにしく特別なマットもない。それは略《りゃく》して、母さんはナプキンをたたんで、テーブルに置いた。

特別なお茶道具《ちゃどうぐ》もない。母さんは自分の目の前にあるお茶碗《ちゃわん》にお湯を注《そそ》ぎ、清めてボウルにあけた。ナプキンでお茶碗《ちゃわん》をふく。

熱湯《ねっとう》で泡立《あわだ》てる特別な粉《こな》のお茶もない。そのかわりに、母さんは袋《ふくろ》に少しだけ残っていた緑《りょく》茶《ちゃ》の葉をぜんぶポットに入れた。薄《うす》いお茶をポットからお茶碗《ちゃわん》に注《そそ》ぐ。

母さんはお茶碗《ちゃわん》をてのひらにのせて、おじいちゃんの前に置いた。

おじいちゃんはお茶碗《ちゃわん》をてのひらにのせ、一口すする。そしてもう一口すすって、お茶碗《ちゃわん》をテーブルに戻《もど》す。おじいちゃんはナプキンを取り、お茶碗《ちゃわん》の縁《ふち》をぬぐった。

ロンがお茶碗《ちゃわん》をてのひらにのせ、お茶を飲む。そして、テーブルにお茶碗《ちゃわん》を置き、縁《ふち》をぬぐうと、次はわたしの番だ。

気をつけて、母さんに教えてもらったとおりにする。

左のてのひらにお茶碗《ちゃわん》をのせて胸《むね》の高さに持ち上げ、あらためて口に運ぶ。ゆっくりとお茶をすする。

この薄《うす》いお茶は、のどにはりついた土を洗《あら》い流《なが》してくれる。

きっと今夜は、声が見つかるだろう。

この夜は、いつもより早く父さんが戻《もど》ってきた。父さんは興奮《こうふん》しているようだった。

父さんがこの前こんなふうに興奮《こうふん》したようすを見せたのは、胸《むね》ポケットからケイコ姉《ねえ》さんの手紙を取り出したときのことだった。

たくさんのトモの絵を描《か》く前のことだった。今朝《けさ》の絵のことを考えた——メッセージをそえた絵だ。あの絵がトモを見つけるまで、どれだけ時間がかかるのだろう。

今回父さんがシャツから出したのは、手紙じゃなかった。

シャツの下から引っぱり出したのは、茶色の小さくてふわふわしたものだった。

父さんはそれを床《ゆか》の上におろした。

「この犬には家が必要だ」父さんがいう。「管理棟《かんりとう》のそばで見つけたんだ。トモみたいなちびすけだ。助けになるかもしれないと思って。マナミの声を取《と》り戻《もど》せるかもとな。この犬を飼《か》ってもいいか兵士に聞いてみたよ。この犬に飼《か》い主《ぬし》はいない。ゲートの中に迷《まよ》いこんできただけだ、連れて帰ってもかまわないと」

胸《むね》がすごくドキドキしてきて、心臓《しんぞう》が飛び出すんじゃないかと思った。

ロンが犬をなでる。

母さんは深皿《ふかざら》に水を入れて持ってきた。

「やあ、」おじいちゃんが挨拶《あいさつ》する。手をピンク色の舌《した》でなめられ、おじいちゃんはにっこりした。

父さんの笑い声が聞こえ、おじいちゃんが微笑《ほほえ》むのが見えた。

母さんがわたしのほうを見た。母さんの微笑《ほほえ》みがこわばった。母さんがわたしに手をのばす。

「マナミ?」母さんがたずねる。「犬が欲《ほ》しい?」

わたしは犬が欲《ほ》しい。

わたしの犬が欲《ほ》しい。

トモが欲《ほ》しい。

マンザナの風は、わたしのメッセージを違《ちが》う犬《いぬ》に届《とど》けたんだ。

もし、この犬がトモあてのメッセージを受け取ったのなら、トモはどうやってわたしを見つけるの?

説明したかったけど、のどは固《かた》く閉《と》じたままだ。

固《かた》すぎて言葉が出ない。

固《かた》すぎて息もできない。

母さんの畑のほうに駆《か》け出《だ》した。
ズッキーニとコリアンダーの畝《うね》の間にしゃがみこんだ。
太くなってきた茎《くき》に手を触《ふ》れる。
てのひらの形をしたズッキーニの葉っぱに触《ふ》れる。
のどにほんの少しだけ、すき間ができはじめた。息ができるくらいに。
父さんが犬を連れてドアから出ていくのを見て、わたしは目を閉《と》じた。

次の朝、その犬がキミのお母さんの後《あと》をついて歩いているのを見た。
学校で、わたしの父さんから犬をもらってどれだけうれしいか、キミが話してくれた。
キミのために喜んであげたいけど、わたしは笑顔《えがお》になれない。
少し遅《おく》れて、わたしはうなずいた。

8月

頬《ほほ》が痛《いた》いほど砂《すな》を吹《ふ》きつけてきた激《はげ》しい風が、やっと止《や》んだ。

でも日差《ひざ》しが強くなり、刑務所村《けいむしょ》のすべてをこがす──顔や首筋《くびすじ》、手、それに植物も。

これから数週間、授業《じゅぎょう》はお休みになる。この休みの間に新しい教室を作っている。

高校は新年度もこの第七区のままだが、小学校や中学校はほかの区画《くかく》にもできることになっている。また学校が始まるときには、わたしたちは第七区前の校庭に集まって「忠誠《ちゅうせい》の誓《ちか》い」を暗唱《あんしょう》する。

刑務所村《けいむしょ》の中には、ほかにも新しい建物ができた。収容所《しゅうようじょ》は町みたいになりはじめた。有刺鉄線《ゆうしてっせん》さえなかったら。

病院はできあがったばかりだ。お店もできた。母さんは布地《ぬのじ》や靴《くつ》が買えるようになった。店ではなんでも売っていて、布地《ぬのじ》や靴《くつ》のほかにも、家具や食器、おもちゃや道具類も買える。

ロンが学校まで来てほしいといった。ロザリー先生が、学校が休みの間旅行に出るので、わたしにお別れをいいたいのだそうだ。

わたしもロザリー先生にお別れの挨拶《あいさつ》がしたい。それに、プレゼントも渡《わた》したい。マットレスの下から、自分が描《か》いた絵を引っぱり出して目をとおした。お気に入りは三枚《まい》。

最初は、学校の休み時間のようす。

二枚目《まいめ》は、授業《じゅぎょう》で詩を朗読《ろうどく》しているロザリー先生。

三枚目《まいめ》は、母さんの畑にいるわたしとロンとおじいちゃん。

決められないので、三枚《まい》とも持っていくことにする。

学校に着くと、入り口のステップにロザリー先生が座《すわ》っているのが見えた。ロンは先生のすぐ後ろの戸口《とぐち》に立っていて、難《むずか》しい顔をしている。

なにかいやなことがあったんだろうか?

「やあ、来たね」ロンが声をかけた。

ロザリー先生に三枚《まい》の絵を手渡《てわた》した。先生は三枚《まい》をさっと見て、それから自分が詩を朗読《ろうどく》している絵をしばらく見つめていた。

「これ、すごくうまいわ」ロザリー先生はいう。「自分でもきっとわかっているんでしょうけど」

ロザリー先生はその絵をたんねんに見た。

「わたし、髪《かみ》をこんなふうにしてる?」ロザリー先生が聞いた。

わたしはうなずく。

はい、そう思います。そんなふうにしています。

わたしたちに詩を読んでくれるとき、ロザリー先生は髪《かみ》を指にくるくる巻《ま》きつけています。

それから母さんの畑の絵を抜《ぬ》き出《だ》した。

「この絵を大切にするわ」ロザリー先生がいう。「毎日ながめて、マナミのことを思うわ。家族を愛するマナミ。畑を世話するマナミ。すばらしい絵を描《か》くマナミ」

うつむいた。先生に顔を見られたくなくて。先生がいなくなるのは寂《さみ》しい。

ロザリー先生は、かがみこんで、わたしと目を合わせた。

「おじ夫婦《ふうふ》の家に行くだけよ。すぐ戻《もど》ってくるわ」

先生は約束するようにいった。

わたしはうなずいた。

「わたしもあなたに贈《おく》りものがあるの」ロザリー先生がいう。

先生は教室に入ると、分厚《ぶあつ》い紙の束《たば》と四本の鉛筆《えんぴつ》を持って出てきた。

視線《しせん》を上げてロザリー先生の顔を見たら、先生の頬《ほほ》に涙《なみだ》がこぼれていてびっくりした。

ロザリー先生は、わたしの肩《かた》に両腕《りょううで》をまわして抱《だ》きしめた。

「あなたと会えないのは寂《さみ》しい」先生がつぶやくようにいう。「でも、わたしはきっと戻《もど》ってくる」

ロンが、わたしだけ先に帰るようにいった。

帰り道、キミの犬が家の前の日陰《ひかげ》に寝《ね》そべっているのを見た。

食堂を通り過《す》ぎると、別の犬が男の人の後ろをついて歩いていた。この犬は白い。でも大きい。

新しい犬を見かけるたびに、胸《むね》の鼓動《こどう》が速くなる。

どうして、この犬が来て、トモは来《こ》ないの？

そこから先は走って帰った。

ドアから飛びこむと、おじいちゃんが椅子《いす》から驚《おどろ》いて立ち上がり、わたしは手に持っていた紙と鉛筆《えんぴつ》を落としてしまった。

「どうしたんだい？」おじいちゃんが聞いた。

走ったあとだったので、息が荒《あら》い。わたしは両手で顔を覆《おお》った。

おじいちゃんがわたしを抱《だ》き上《あ》げ、おじいちゃんの椅子《いす》に座《すわ》らせてくれた。

「落ち着いて、ゆっくりと呼吸《こきゅう》するんだ」おじいちゃんがいう。

呼吸《こきゅう》がおだやかになったころ、おじいちゃんがいった。

「何があったのか、話してごらん」

わたしは口を開いたけど、言葉が出てこない。涙《なみだ》があふれてきて、目を閉《と》じた。

おじいちゃんはわたしの手に鉛筆《えんぴつ》を持たせ、膝《ひざ》の上に紙を置いてくれた。

「どうして、そんなにうろたえているんだい」おじいちゃんがいう。「おまえの先生が行ってしまうからかい？」

違《ちが》うって、首を振《ふ》った。

トモを描《か》いた絵のことを思った。

わたしがした約束のことを思った。

トモに描《か》いた絵が、間違《まちが》ってあの二匹《ひき》のところに届《とど》いてしまったんだろうか。

それで、この刑務所《けいむしょ》村にやってきたのだろうか。

目を開けたけど、おじいちゃんがぼやけて見える。この部屋もぼやけている。

紙にそう書いてみたけど、その字も涙《なみだ》でぼやけて見えた。

「わかるよ」おじいちゃんがいう。「ほかの犬を見ると、よけいトモが恋《こい》しくなるんだろう」

おじいちゃんはわたしの手から紙と鉛筆《えんぴつ》を取り上げると、ベッドへ連れていってくれた。

「絵はやめて」おじいちゃんがいう。「お眠《ねむ》り」


目が覚《さ》めたら、すっかり暗くなっていた。夕ご飯にも行かないで、何時間も眠《ねむ》っていたんだ。おじいちゃんと母さんと父さん、それにロンが小さなテーブルの周《まわ》りに座《すわ》って、小声《こごえ》で話している。わたしはベッドの上で体《からだ》を起こした。

母さんがそばにきて、わたしの三《み》つ編《あ》みをほどくとブラシをかけてくれる。そのリズムが気持ちよくて、また眠《ねむ》りそうになる。ぬらした布《ぬの》を持ってきて、顔と手をきれいにふいてくれる。冷たくて気持ちいい。母さんが三《み》つ編《あ》みを編《あ》みなおしているあいだ、わたしはその布《ぬの》をおでこにあてていた。

「かわいそうに、今日は犬を見て動揺《どうよう》したのね」母さんがいう。「こっちにいらっしゃい」

わたしはロンとおじいちゃんの間に座《すわ》った。

ロンは、わたしがロザリー先生にお別れをいいに学校に行ったことを話した。

「ロザリー先生は、マナミがお気に入りなんだ」ロンがいう。

「マナミはいい生徒よ」母さんがいう。「あたりまえよ」

「そのとおり」父さんがいう。「マナミはいい子だ。うちの自慢《じまん》だ」

「マナミが紙と鉛筆《えんぴつ》をたくさん持って帰ってきたぞ」おじいちゃんがいった。

「ロザリー先生からの贈《おく》りものだよ」ロンはいった。

頬《ほほ》が熱くなる。ほめられてうれしいのと同時に、居心地《いごこち》の悪さも感じた。

母さんがご飯のボウルのフキンを取って、わたしの前に置いてくれた。キュウリを薄《うす》く切って、お皿《さら》の上に海の波の形に並《なら》べてくれている。ティーポットからカップにお水を注《そそ》いでくれる。温《あたた》かくはなかった。そんなに冷《つめ》たくもない。でも、カップを両手で包むと気持ちがいい。落ち着く。キュウリは冷たくておいしい。ご飯はお腹《なか》いっぱいになる。

わたしが食べているあいだ、ロンと父さんが話をしている。

ロンは学校が始まるまで、父さんの建築現場《けんちくげんば》で仕事をさせてもらいたがっている。父さんはロンを建築現場《けんちくげんば》で働かせたくない。自分の時間は勉強に使って欲《ほ》しいのだ。大学に戻《もど》ったときに、後《おく》れを取らないように。

ふたりの話が口論《こうろん》になりかけたとき、母さんがさえぎった。

「わたしの畑はよく育って元気よ」母さんがいう。

「おまえがいい種《たね》を持ってきたんだ」と父さんがいう。

「砂漠《さばく》の太陽は、植物には厳《きび》しいわ」と母さん。「マナミとロンの手伝いがなかったら、みんな枯《か》れていた」

父さんはロンに、今月は勉強に使えともう一度いった。ロンが返事をする前に、おじいちゃんがいう。

「今夜は、議論《ぎろん》はやめるんだ」

母さんが歌でこの場の沈黙《ちんもく》を満たした。


学校が休みなので、不良《ふりょう》っぽい少年たちは野放《のばな》しだった。

勉強はしない。畑仕事もしない。

働きもしない。日陰《ひかげ》にたむろしている。

不機嫌《ふきげん》な顔。タバコを吸《す》っている。

おじいちゃんはいう。「父親は仕事が忙《いそが》しくて、相手をしてやれない」

おじいちゃんはいう。「母親も仕事が忙《いそが》しくて、かまってやれない」

おじいちゃんはいう。「あの子たちは好《す》き放題《ほうだい》している」

うちの父さんも、働いているよ。

うちの母さんも、働いているよ。

わたしは、好《す》き放題《ほうだい》してないよ。

ロンは、学校のお給料で野球のバットとボールとグローブを買った。野球のダイヤモンドを作った。ベースにする四角い木の板は、父さんからもらった。

夜の八時を過《す》ぎても、まだ外は明るい。

夕食後、ロンはバットとボールとグローブを手にとった。

「野球をしない？」ロンがわたしに聞いた。

わたしは地面に目を落とした。

ロンをがっかりさせたくない。でも、あの不良《ふりょう》っぽい子たちと野球する気にはなれない。

「じゃあ、また、今度《こんど》」ロンはいった。

片手《かたて》で放《ほう》り上《あ》げたボールをもう一方の手でキャッチしながら、ロンは野球場まで歩いていく。

母さんの畑にしゃがんでトマトに虫がついていないか見ていると、建物の陰《かげ》から不良《ふりょう》っぽい子たちが次々出てきて、そっとロンの後についていくのが見えた。

「あれでいいんだ」とおじいちゃんがいう。

そうは思えない。わたしは不良《ふりょう》っぽい子たちがロンと一緒《いっしょ》にいるのを見たくない。


ベインブリッジ島《とう》は、八月でもこの刑務所《けいむしょ》村みたいに暑くはなかった。ここでは暑《あつ》くて動けない時間帯《じかんたい》がある。すごく暑《あつ》くて、体中《からだじゅう》が汗《あせ》の膜《まく》で覆《おお》われたみたいになる。すごく乾燥《かんそう》していて、息をするたびに肺《はい》がひりひりする。まぶしすぎて、目が焼けそうだ。

母さんは、日中《にっちゅう》はベッドで横になっていなさいという。じっとしていたら、暑《あつ》さもそうつらくはない。眠《ねむ》りこんでしまうこともある。じっとしていられないときは、絵を描《か》く。そしたら、暑さを忘《わす》れてしまう。

おじいちゃんが自分の子ども時代のことを話してくれるのも、この時間だ。

おじいちゃんはわたしと同じ島で生まれたんじゃない。別の島、日本という島。おばあちゃんの話もしてくれる。子どものころ、建物よりも背《せ》の高い波がおじいちゃんの村をおそい、村全体が破壊《はかい》された話も。


一年で一番暑いこの時期は、ご先祖《せんぞ》さまの供養《くよう》のために灯籠《とうろう》に灯《あか》りをともすときでもある。お盆《ぼん》の行事は家族を一つにする。

島にいたときは、みんなで小川に灯籠《とうろう》を流した。灯籠《とうろう》は光の帯《おび》になって、海にただよっていく。最初はおばあちゃんをお供養《くよう》する母さんの灯籠《とうろう》、それからおじいちゃんがおじいちゃんの両親をお供養《くよう》する灯籠《とうろう》、父さんが自分の両親をお供養《くよう》する灯籠《とうろう》、そのあとにロン、ケイコ、わたしの灯《とう》籠《ろう》が続く。わたしたちは遠いご先祖《せんぞ》さまに感謝《かんしゃ》の気持ちをこめてお供養《くよう》した。

わたしたちはお菓子《かし》を食べた。踊《おど》った。太鼓《たいこ》をたたいた。

わたしはきれいなキモノを着て、絵が描《か》かれた扇子《せんす》を持った。

今年は、どうなるんだろう。どこに灯籠《とうろう》を流すの？　灯籠《とうろう》を運んでくれる小川なんてない。

灯篭《とうろう》に灯《あか》りをともす日が近づいてくると、準備《じゅんび》の手伝いで父さんと母さんの帰りは遅《おそ》くなった。

ある晩《ばん》、父さんがわたしを起こして、すべすべしたきれいな布《ぬの》で包んだ細長いものを渡《わた》した。

鉛筆《えんぴつ》だと思った。結《むす》び目《め》をほどき、布《ぬの》を広げた。

扇子《せんす》だ。父さんはわたしに扇子《せんす》を作ってくれたんだ。

扇子《せんす》の滑《なめ》らかな中骨《なかぼね》に指を滑《すべ》らせる。扇子《せんす》の要《かなめ》のところには、赤いヒモがついている。広げると、白から緑、そして青に扇《おうぎ》の色が変わった。父さんはわたしたちが暮《く》らしていた島と小舟《こぶね》を描《か》いてくれていた。わたしたちの家の白い壁《かべ》。お気に入りの岩。

うれしいが、悲しくもなった。

父さんの頬《ほほ》にキスする。

父さんはわたしの腕《うで》にぽんぽんと触《ふ》れた。

「さあ、寝《ね》なさい」母さんがいった。

父さんの扇子《せんす》をもう一度きれいな布《ぬの》に包んで、ベッドの下にしまった。

朝になり、おじいちゃんに扇子《せんす》を見せた。

初めて見るもののように、おじいちゃんは扇子《せんす》をしげしげと見ていく。

「どうやら」とおじいちゃんはいう。「おまえの父さんは、これを作るのにずいぶん時間をかけたようだな」

うん。

「わかるだろう?」とおじいちゃんはいう。「おまえと同じように島のことを思っている」

うん、わかってる。

「わかるな」おじいちゃんはいう。「父さんはおまえをすごく愛しているんだよ」

わかってるよ。

「わしらで、灯篭《とうろう》を作ろう」おじいちゃんがいう。「灯篭《とうろう》と太鼓《たいこ》だ」


おじいちゃんとわたしは、父さんの仕事場までずいぶん歩いた。

この一週間、収容所《しゅうようじょ》に新しく入った人はいない。それはいいことだ。これ以上来ても入れる場所はないんだから。どの居住棟《きょじゅうとう》もいっぱいだ。

居住棟《きょじゅうとう》を建て終わったので、父さんたちは政府《せいふ》が送ってくる動物たちを入れるための牛小屋や柵《さく》、豚《ぶた》の囲《かこ》いやニワトリ小屋を建てているところだ。もう届《とど》いている動物たちもいる。

牧草地《ぼくそうち》で働いている男の人たちが見える。それから、トモじゃない新しい二匹《にひき》の犬も。

おじいちゃんは犬が目に入ると、わたしの手をぎゅっと握《にぎ》ってくれた。

父さんの仕事場のそばまできたら、父さんは仕事仲間のもとを離《はな》れて、わたしたちのほうに歩いてきた。父さんとおじいちゃんが小声で話すあいだ、わたしは牛小屋の屋根を作っている人たちをながめていた。牛小屋は壁《かべ》が三方《さんぽう》しかない。ニワトリ小屋は四方《しほう》に壁《かべ》がある。三方囲《さんぽうがこ》いの小屋のほうがいいように思える。牛は自分の好きなときに出たり入ったりできる。ニワトリはだれかが出してくれるまで、一日中ニワトリ小屋から動けない。

おじいちゃんは、家に持って帰る細い木切《きぎ》れの束《たば》を持たせてくれた。おじいちゃんも木切《きぎ》れの束《たば》を一つと、二つの道具を抱《かか》えて帰る。

家に着くと、おじいちゃんは部屋の前のステップ近くに木切《きぎ》れを積《つ》み上《あ》げ、道具を置いた。

「くさび」おじいちゃんがいう。

片側《かたがわ》の端《はし》は幅《はば》があって平《たい》らになっているけど、反対側は鋭《するど》くとがっている。

「ドローナイフ」おじいちゃんがいう。

わたしの肘《ひじ》から手首くらいの長さで、まっすぐな柄《え》が刃《は》の両側からほぼ直角《ちょっかく》にのびている。

おじいちゃんは木切れを地面に立て、てっぺんにくさびをあてた。金づちでくさびを打ちこむと、木切《きぎ》れは二つに割《わ》れた。すべての木切《きぎ》れを割《わ》り終《お》えると、おじいちゃんはステップに腰《こし》をおろした。割《わ》った木切《きぎ》れを両足にはさむ。ドローナイフの柄《え》を握《にぎ》り、自分のほうにゆっくりと引《ひ》き寄《よ》せるようにしてそいでいく。何度も何度も繰《く》り返《かえ》すと、おじいちゃんの横に細い木の棒《ぼう》の山ができた。そぎ終わった棒《ぼう》を、わたしの鉛筆《えんぴつ》の長さくらいに切っていく。

おじいちゃんは小さな壺《つぼ》に指を入れて糊《のり》をとり、棒《ぼう》に塗《ぬ》ると、箱の形に組み合わせていく。もう二本の棒《ぼう》にも糊《のり》を塗《ぬ》り、箱の底にXの形に組んだ。できた木枠《きわく》を横に置いて、もう一つ作った。

「紙を持っておいで」おじいちゃんがいう。

マットレスの下から、ロザリー先生がくれた紙の束《たば》を持ってきた。

「さあ、絵を描《か》いて」おじいちゃんがいう。「おまえが絵を描《か》いてくれれば、うちの家族の灯篭《とうろう》は一番美しくなるよ」

わたしは、黒の絵の具を入れた皿《さら》におじいちゃんが置いてくれた、ニワトリの羽根でできた絵《え》筆《ふで》を手に取る。

一つ目の灯篭《とうろう》の絵は、おばあちゃんのためのものにしたい。絵筆に絵の具を含《ふく》ませると、慎《しん》重《ちょう》に木の根を描《か》いた。ニワトリの羽根の絵筆はあまり使ったことがない。でも、何筆《なんふで》か描《か》いているうちに、描《か》きやすくなってきた。

おじいちゃんが見つめている。わたしが最初の上向《うわむ》きの枝《えだ》を描《か》き上《あ》げると、おじいちゃんはうなずいて糊付《のりづ》けに戻《もど》った。

これはスモモの木。おじいちゃんは、スモモの木はおばあちゃんのための絵だと知っている。島にある、おばあちゃんのスモモの木。

その絵を描《か》き終《お》えると、紙を横に置いて絵の具を乾《かわ》かした。

次の絵《え》は、トモのために描《か》きたい。

おじいちゃんがまたわたしをじっと見つめる。

最初の一筆《ひとふで》で黒い丸い瞳《ひとみ》を描《か》くと、おじいちゃんは立ち上がって行ってしまった。

でも、わたしはやめない。

おじいちゃんをなぐさめに行きはしない。

わたしにはわかってる、学んだんだ。

トモのことでおじいちゃんをなぐさめることなんて、できっこない。

わたしにはわかる。

だって、トモのことでわたしの心の痛《いた》みがやわらぐなんて、ありえないから。

だから、描《か》く。

描《か》いて考える。

わたしの絵をほかの犬が見つけて、どうしてトモは見つけられないのか、わたしにはわからない。

でもこの灯篭《とうろう》ならとても明るいから、きっと見つけられる。トモがいなくてわたしが寂《さみ》しがっていることもわかるはずだ。そしたら、トモは帰ってくる。きっと。

わたしはおばあちゃんのために、そしてトモのためにも、灯篭《とうろう》に何枚も絵を描《か》いた。

ご先祖《せんぞ》さまのために、もっと絵を描《か》いた。

お昼ご飯の鐘《かね》が鳴るのが聞こえた。

でも、描《か》き続《つづ》けた。

おじいちゃんは、糊《のり》を塗《ぬ》る。

おじいちゃんは、灯篭《とうろう》に絵を貼《は》りつけていく。

一緒《いっしょ》に、わたしたちは灯篭《とうろう》を作った。

最後の灯篭《とうろう》の絵が仕上がり、糊付《のりづ》けが終わると、お腹《なか》が空《す》いていた。

おじいちゃんと一緒《いっしょ》に食堂に歩いていく。母さんが調理場にいる。母さんやほかのお母さんたちやおばあさんたちは、この三日間、お盆《ぼん》の行事のための特別なごちそうを用意するため、いつもより長く働いている。

塩《しお》むすびがのったトレイがいくつも。

さくさくしたクッキーの山がいくつも。

ハニーローストナッツのボウルがいくつも。

「おまえの娘《むすめ》は、腹《はら》ぺこだよ」おじいちゃんがいう。

「わたしのお父さんも腹《はら》ぺこかしら?」母さんがたずねる。

「たぶんな」おじいちゃんがいう。

「なんとかするわ」母さんがいう。「今度から、わたしの娘《むすめ》は食事の時間に食べないとね」

「そうするさ」おじいちゃんはいうと、わたしにウィンクした。

わたしたちはテーブルについて、母さんを待った。

母さんは白いフキンがかかったトレイを持ってきてくれた。

おじいちゃんがわたしたちの部屋まで運んでくれる。おじいちゃんがフキンをとると、わたしのお腹《なか》はうれしくてグルグル鳴った。

湯気《ゆげ》のあがるティーポットに、ボウルに入ったご飯にキュウリ。メロンの薄切《うすぎ》り、さくさくのクッキーが四枚《まい》に、塩《しお》むすびが二つ。

ポットを持ち上げ、おじいちゃんのカップに注《そそ》ぎはじめたとき、もう少しでポットを取り落としそうになった。

ポットの中身はお白湯《さゆ》じゃなかった。母さんは本物《ほんもの》の緑茶《りょくちゃ》を入れてくれていた。

ゆっくりと注《そそ》ぐ、一滴《いってき》もこぼさないように。

「あぁ」カップを口元《くちもと》に寄《よ》せて、おじいちゃんがいう。

わたしはカップを顔に近づけて、お茶《ちゃ》の枯《か》れたような香《かお》りを吸《す》いこむ。熱いお茶の最初の一口《ひとくち》をすすると、ちょっとのあいだ口の中に含《ふく》んだままでいた。ほんの少し苦くて、深みがある。島で飲んでいたお茶のような緑色《みどりいろ》をしていないし、味もくっきりしていない。でも、たしかにお茶だ。そしておいしい。お茶がのどを通るとき、一緒《いっしょ》に土ぼこりも洗《あら》い流してくれる。わたしは何度もお茶をすすった。

「このお茶はお盆《ぼん》のごちそうだ」食事しながら、おじいちゃんがいう。「たくさんのご近所さんたちが、お茶を買うお金をためようと一緒《いっしょ》に働いた」

食べ終わると、わたしはもう一度カップを満たす。

おやっと、おじいちゃんが眉《まゆ》を上げる。

わたしはカップを持ち、ドアのほうへ歩く。

おじいちゃんはわかってくれた。

「帽子《ぼうし》をかぶっていきなさい」おじいちゃんは、わたしの頭に帽子《ぼうし》をのせてくれた。

わたしはお茶のカップを両手でしっかりと持って歩いた。

父さんの仕事場に着くころには、お茶はもう冷《さ》めていた。父さんは最初わたしに気づかなかった。でも、ほかの人が父さんの梯子《はしご》の下《した》に立っているわたしに気づいて、大声で呼《よ》んでくれた。父さんは梯子《はしご》を下《お》りてくると、わたしの肩《かた》を抱《かか》えるようにして、少し離《はな》れたところに連れていった。

父さんにお茶のカップを差し出す。

父さんがカップを受け取って、中をのぞきこむ。そして、驚《おどろ》いたように何度もまばたきしてから、お茶を一口飲んだ。ぜんぶ飲み終わると、わたしの手にカップを戻《もど》す。

「ありがとう」そういって、父さんはわたしの三《み》つ編《あ》みの髪《かみ》を引っぱると、仕事に戻《もど》った。

父さんの仕事場に行くときは、熱気《ねっき》も照《て》りつける太陽も気にならなかった。背中《せなか》を伝う汗《あせ》も気にならなかった。脚《あし》がくたびれているのも、気にならなかった。

だけど帰り道は、暑くてまぶしい日差《ひざ》しが、わたしの頭や腕《うで》に降《ふ》り注《そそ》ぐのを感じる。新たな汗《あせ》の川が、背中《せなか》を流れていく。肌《はだ》にワンピースが貼《は》りついて、むずむずする。それに、脚《あし》もすっかりくたびれてしまい、家までの歩数を数えることで、ようやく一歩ずつ前に進めた。

おじいちゃんは居住棟《きょじゅうとう》前の細い影《かげ》の中で、わたしを待っていてくれた。おじいちゃんのそばには、木切《きぎ》れが積んである。一個《こ》がロザリー先生の本と同じくらいの大きさだ。おじいちゃんは木の角《かど》をけずって滑《なめ》らかにし、これで太鼓《たいこ》を作っていく。

わたしはおじいちゃんの隣《となり》に座《すわ》って、帽子《ぼうし》を脱《ぬ》ぐと額《ひたい》の汗《あせ》をぬぐった。

呼吸《こきゅう》を整《ととの》えてから、部屋に入ってもう一杯《ぱい》お茶を注《そそ》ぐ。

ステップを下《お》りようとすると、おじいちゃんがまた帽子《ぼうし》を頭にのせてくれた。

今度の道のりは、自分が汗《あせ》まみれになっていることとか、太陽がものすごく暑いこととか、脚《あし》がすごくくたびれているということばかり考えて歩いた。

それでも、お茶のカップは両手で大事に包み、胸元《むなもと》にしっかり抱《かか》えている。

第七区までは遠くない。父さんがロンを建設現場《けんせつげんば》の仕事に就《つ》かせなかったので、ロンは新しい教室に必要なものを作る仕事を自分で見つけた。ロンは校庭で長椅子《ながいす》を作っていた。

わたしに気がつくと、ロンは手を止めた。汗《あせ》だくのわたしの顔を見る。カップを受け取ると、わたしを建物の陰《かげ》に連れていく。

「座《すわ》って」ロンがいう。それから、お茶をすすった。

「ちょうど、温《あたた》かいお茶が飲みたかったんだ」ロンがいう。「どうして、わかったんだい？」

なんとなく、わかったの。

「父さんはぼくを働かせたくないんだ」ロンがいう。

ロンはお茶をすする。

「だけど、少しでもお金が入れば助かる」ロンはいう。

ロンがお茶をする。

「学校が始まるまで、ぶらぶらしているわけにはいかないんだ」ロンはいう。「勉強は夜するよ」

ロンはお茶をする。

「いつか、ぼくらはここを出ていくんだからね」

空《から》になったカップを、わたしに手渡《てわた》す。

「サンキュー、妹、」ロンがいう。「おまえは、聞き上手だね」

ロンの微笑《ほほえ》みは、くたびれていたわたしをしゃきっとさせた。

家までの道を、わたしは走って帰った。おじいちゃんと並《なら》んでステップに腰《こし》をおろしたところで、太陽がすごく暑くて、脚《あし》がくたくたなのを思い出した。

おじいちゃんは、中に入って休みなさいとわたしにいった。


お盆《ぼん》の最初の二日間、食堂は第三区からやってきたご近所さんたちで混《こ》みあっていた。テーブルの一つに赤い布《ぬの》がかけられている。布《ぬの》の上には、新聞紙とたたんだ布《ぬの》で作ったきれいな花が飾《かざ》ってある。灯篭《とうろう》は壁《かべ》に沿《そ》って、床《ゆか》にずらりと並《なら》べられた。野菜は、蝶々《ちょうちょ》や花、小鳥といったかわいらしい形に飾《かざ》り切《ぎ》りしてある。

わたしたちは、その野菜を食べ、塩《しお》むすびやメロンやクッキーを食べた。陽《ひ》が落ちると、第三区《く》の隣《となり》の空き地に集まった。見渡《みわた》してみると、同じように踊《おど》ったり太鼓《たいこ》をたたいたりしている区画《かく》は、わずかしかない。おじいちゃんは手作《てづく》りの太鼓《たいこ》を持ってきている。角《かど》をけずった四角い木のブロックだ。おじいちゃんの太鼓《たいこ》は、木の棒《ぼう》でたたくとコンと音をたてる。ほかの人たちも太《たい》鼓《こ》を持ってきていた。おじいちゃんと同じようにお手製《てせい》の太鼓《たいこ》もある。金属製《きんぞくせい》で、たたくと鐘《かね》のような音がするのもある。大きくて丸く、ぴんと皮を張《は》ったものもある。みんなで盆踊《ぼんおど》りをし、太鼓《たいこ》をたたき、そして笑った。わたしは、おじいちゃんが寝《ね》る時間だというまでながめていた。

でも三日目、灯篭《とうろう》に灯《あか》りをともす最後の夜は、もっと厳《おごそ》かに始まった。

母さんは仕事から早く帰ってきて、わたしを女性《じょせい》用のシャワーに連れていった。

父さんとおじいちゃんとロンは、男性《だんせい》用のシャワーに行った。

母さんはわたしに、ピンクの花の縫《ぬ》い取《と》りがあるグリーンの絹《きぬ》のキモノを着せてくれた。スーツケースの底《そこ》に入れてきたものだ。母さんは自分のキモノを着た。クリーム色のキモノで、ピンクとブラウンの花が刺繍《ししゅう》されている。

母さんはわたしの髪《かみ》をすいて、首の後ろにまとめてくれた。それから、自分の髪《かみ》も結《ゆ》い上《あ》げた。父さんとおじいちゃん、それからロンは絹《きぬ》のキモノは着なかった。三人は、とても暑いのに、持っている中で一番上等《じょうとう》のスーツを着た。

母さんがわたしにロンの隣《となり》に正座《せいざ》するように合図《あいず》した。母さんは父さんとおじいちゃんの間に入って床《ゆか》に正座《せいざ》した。

わたしたちは先祖《せんぞ》の祭壇《さいだん》に向いている。額《がく》に入ったおばあちゃんの写真のまわりに、飾り切《かざぎ》りした果物《くだもの》や、紙の花が飾《かざ》られている。

半分ほど砂《すな》を入れた広口《ひろくち》のガラスびんがロウソク立てになっていて、ロウソクの炎《ほのお》がガラスに反射《はんしゃ》して輝《かがや》いている。

おばあちゃんのことを思う。ほかのご先祖《せんぞ》さまには会ったことはないけれど、おばあちゃんはおだやかで強い人だった。おばあちゃんはだれよりふんわりとした塩《しお》むすびを握《にぎ》ってくれた。わたしのために砂《すな》に絵を描《か》いてくれた——岩や貝がらで飾《かざ》った花の絵、アシカや船、そして、わたしの名前も日本語で書いてくれた。おばあちゃんの手はキュウリやハーブのようなにおいがした。

おばあちゃんはいつもほんの少し微笑《ほほえ》むだけだったけど、その笑顔《えがお》は温《あたた》かかった。

おばあちゃんの霊《れい》はわたしたちが島じゃなくて、この刑務所《けいむしょ》村にいるのを知っているのかなあ。

立ち上がるとき、わたしは深呼吸《しんこきゅう》をした。かすかなキュウリのにおいが、鼻を満たした。

わたしたちは食堂でご飯を食べたあと、もっと盆踊《ぼんおど》りや太鼓《たいこ》を見ようと空《あ》き地《ち》に出かけた。

キミが駆《か》け寄《よ》ってきて、わたしの両手をつかんだ。

「一緒《いっしょ》に踊《おど》ろうよ」キミがいう。

キミに引っぱられて、わたしも一緒《いっしょ》にくるくる回った。しばらく踊《おど》ったあとで、キミが聞いた。

「クッキーもらいにいかない？」

ふたりで食堂に行くと、ドアが大きく開いていて、テーブルには食べ物がいっぱいのっていた。わたしは塩《しお》むすびを一つ取り、キミはさくさくクッキーを三枚《まい》とった。

一人のおばあさんが、調理場から入《い》れたてのお茶のポットを持ってきてくれたけど、踊《おど》ったり走ったりしたあとで、暑くてお茶を飲む気になれなかった。キミとわたしは、食べ終わるとカップでお水を飲んで、もう一度外に出た。

クスクス笑いながら踊《おど》っている女の子たちのグループがあり、キミはそちらへわたしを引っぱって行こうとする。だけど、わたしはその子たちに加《くわ》わりたくなかった。あの子たちはわたしを変わり者みたいな目で見るときがあるから。おじいちゃんがわたしたちの灯篭《とうろう》を部屋の前のステップに並《なら》べているのが見えたので、わたしはそっちに駆《か》けていった。

空が真っ暗になったころ、母さんが短いロウソクに火をつけた。母さんは別のロウソクの底《そこ》を溶《と》かして、トモの灯篭《とうろう》の底《そこ》に渡《わた》してあるXの形の真ん中にロウのしずくをたらした。この熱いロウにロウソクを立て、わたしに灯篭《とうろう》を手渡《てわた》してくれる。次はロンの灯篭《とうろう》を用意し、父さん、おじいちゃん、最後に自分の灯篭《とうろう》の用意をした。みんなで灯篭《とうろう》を持って、空き地のほかの家族に加《くわ》わる。空き地のあちこちにロウソクの灯《とも》った灯篭《とうろう》が置かれていた。

わたしは自分の灯篭《とうろう》を高く掲《かか》げた。

しばらくの間、トモの黒い瞳《ひとみ》がわたしを見下《みお》ろしているのをじっと見つめた。それから、ほかの人たちと同じように灯篭《とうろう》を地面に置いて、思った。

トモにも、見えるかもしれない。
はるか遠くから、灯篭《とうろう》のちらちらする灯《あか》りが。
トモのことを、ずっと考えているわたしが。
だれかが一定《いってい》のリズムで太鼓《たいこ》をたたきはじめた。
おじいちゃんの作った太鼓《たいこ》の音よりも低い音。
一陣《いちじん》の風が吹き、灯篭《とうろう》の火が揺《ゆ》れて、ジュ、ジュ、と鳴った。
ドキッとした。
トモの灯篭《とうろう》の火が、消えてしまった……。

9月

ロザリー先生が戻《もど》ってきたと聞いて、わたしは学校に走った。

新しい教室を見つけるのに少し時間がかかる。だけど、窓《まど》をのぞいていくと、テーブルの上に見慣《みな》れた本の山を見つけた。ロザリー先生はいなかったけれど、建物の中に入って、水彩画《すいさいが》を一枚《まい》、教室のドアの下から滑《すべ》りこませた。地面にちりばめるように置かれた灯篭《とうろう》の絵だ。先生はこの絵を気に入ってくれるはず。

父さんも夕ご飯に加《くわ》わっている。母さんが席に着き、わたしがお茶を入れ終わると、みんなは父さんを見つめる。父さんがポケットから封筒《ふうとう》を引っぱり出した。

「ケイコからの手紙だ」父さんがいう。

母さんが読む。何かいおうとしてやめ、手紙をおじいちゃんに手渡《てわた》す。

おじいちゃんはロンに渡《わた》してやれと手を振《ふ》り、母さんがかわりにロンに手紙を渡《わた》した。

ロンはざっと手紙を読むと、目を上げた。

「ケイコは、グリーン教授《きょうじゅ》がぼくを今も在籍《ざいせき》あつかいにしているといってる」

ロンは、父さんや母さんみたいに秘密《ひみつ》にしないのがうれしい。

「教授《きょうじゅ》は、ぼくがもう一度大学に戻《もど》れるように許可証《きょかしょう》を申請《しんせい》してくれるって」ロンがいう。

おじいちゃんは肘《ひじ》をついて、考えこむように両手の指先《ゆびさき》を合わせている。

「おまえは、大学に戻《もど》れ」父さんがいう。

「父さん」ロンがいう。「考えてみるよ。父さんたちのためにも、考える。だから、教授《きょうじゅ》に復学《ふくがく》許可《きょか》のことをもう少し詳《くわ》しく教えてほしいと手紙を書くよ。だけど、大学に戻《もど》るとは約束できない。こんなところにぼくの家族を置いて行きたくないんだ」

「大学に戻《もど》るんだ！」父さんがいう。

だれもがしばらく無言《むごん》だった。

父さんがテーブルをてのひらでバンと打つと、立ち上がった。そして、父さんは出ていった。父さんが行ってしまうと、みんな黙《だま》って食事をした。わたしはもう空腹感《くうふくかん》はなくなってたけど、食べないで母さんにあれこれ言われるよりも、食べるほうが楽《らく》だった。

「母さんはどう思う？」ロンがたずねる。

「何が正しいかはわからない」母さんがいう。「軍隊《ぐんたい》に入るというのは間違《まちが》っていたわ。でも、大学は？　間違《まちが》ってはいないわ、戻《もど》るのが難《むずか》しいだけよ」

「ぼくにとっては、こんなところにみんなを残していくのも難《むずか》しいよ」ロンがいう。「母さんたちをこんな場所に置き去りにするなんて……。そんなこと、とてもできない」

「子どもは親元《おやもと》から巣立《すだ》っていくものよ、ロン」母さんがいう。

ロンが声を落としたので、聞こえるようにわたしは体《からだ》を寄《よ》せた。

「だけど、マナミは？」ロンがたずねる。「マナミがここから出られないのに、ぼくだけ大学に戻《もど》るのは不公平《ふこうへい》だ。マナミを置いてはいけないよ」

母さんがわたしを見る。

「このことは後で話し合いましょう」母さんがいう。

ロンがわたしを見た。

「おまえは、聞き上手だね、おちびさん。だけど、聞かないほうがいいときもあるよ」ロンはそう言って、わたしの手をぎゅっと握《にぎ》る。

「家に戻《もど》る時間だ」おじいちゃんがいった。

その夜、ベッドの中で、ロンはロザリー先生が戻《もど》ったことについて何もいわなかったのを思い出した。

知っているのだろうか。

ロンが知らないはずはないだろう。

この刑務所《けいむしょ》村では、だれもがなんでも知っている。


翌日《よくじつ》、わたしはもう一度ロザリー先生の教室に歩いていった。今度は新聞紙で作った花を持って。灯篭《とうろう》の夜のあと、残しておいたのだ。色はきれいじゃないけど、花びらはカールし、ぐるりと重なり合っている。ロザリー先生は外に出て、ステップを掃除《そうじ》していた。

「まあ、マナミ！」わたしを見るなり、ロザリー先生はいった。「会いたかったわ！」先生は壁《かべ》にほうきを立てかけて、急いでこちらにやってくる。

「また、あなたのクラスを教えるのよ。最高のニュースでしょう？」

わたしはうなずくと、新聞紙の造花《ぞうか》を渡《わた》した。

ロザリー先生は、においをかぐように鼻に近づける。

「とってもきれいね。バラの香《かお》りがするようだわ」ロザリー先生はそういうと、わたしの肩《かた》に腕《うで》を回した。

「すてきな絵をありがとう」ロザリー先生がいう。「あれは、あなたの絵でしょう？　この前いたときは、あなたは鉛筆《えんぴつ》だけで描《か》いていたわ。それが、今回は絵の具を使って描《か》くようになっている！　それになんてきれいなの！」

ロザリー先生は次から次へと話をする。わたしの返事なんて待たないで、どんどん次の話題《わだい》にいく。

「新しいカーテンを作ったの」ロザリー先生がいう。「楽しみにしていてね。白にしようかとも思ったけど、結局《けっきょく》明るいピンクにしたの。あなたのお兄《にい》さんには、黄色を作ったのよ」

それからお昼までは、ロザリー先生の手伝いをして、机《つくえ》や椅子《いす》をふいた。ふたりでカーテンをかけ、床《ゆか》をはき、窓《まど》ガラスをきれいにした。おじいちゃんとお昼ご飯に一緒《いっしょ》に行くために学校を出るころには、ロザリー先生の教室はピカピカになっていた。

「よければ、明日も来てくれる？」ロザリー先生がいう。「一緒《いっしょ》にお兄《にい》さんの教室をきれいにしましょう」

その日の夕ご飯の席で、おじいちゃんがいった。「学校がもうすぐ始まるな」

「本がまだ充分《じゅうぶん》用意できてないんだ」ロンがいった。「だけど、もうすぐ手に入る。今週は教室の整備《せいび》をして、月曜日から始まる授業《じゅぎょう》に備《そな》えるんだ」

「マナミは、今日はずっと、先生の手伝いをしていたよ」おじいちゃんがいう。

ロンがにっこりする。「その話は聞いてるよ」とロンはいう。

ロザリー先生との、ロンを驚《おどろ》かす計画を思う。

明日が待ちきれない。

次の朝、母さんはティーポットを出してきた。カップとトレイも取り出した。母さんはトレイにティーポットをのせると、その隣《となり》にカップをセットした。

「先生にお茶を持っていきたいんじゃないかなと思ったの」と母さんはいう。

お盆《ぼん》のときに飲んだ新しいお茶の缶《かん》の残りを渡《わた》してくれたので、わたしはポットにお茶の葉を入れた。

母さんと一緒《いっしょ》に食堂まで歩いていく。母さんがお湯《ゆ》を沸《わ》かし、わたしがポットに注《そそ》いだ。

重いトレイを学校のある建物まで運んで、ロザリー先生の教室に入っていく。

先生の机《つくえ》の上にトレイを置く。カップにお茶を注《そそ》ぐと、ポットの注《そそ》ぎ口《ぐち》から湯気《ゆげ》が立ちのぼる。

ロザリー先生が一口すすって、にっこりする。

「最高よ」先生はいう。

それから自分の机《つくえ》からもう一つカップを出してお茶を注《そそ》いだ。そのカップを渡《わた》してくれる。わたしたちは黙《だま》ってお茶を飲む。ロザリー先生はまたにっこりし、窓《まど》の外に目をやった。

ロンの教室はロザリー先生の教室と同じ区画《くかく》にある。だけど、前みたいに同じ建物ではない。今は隣《となり》の建物だ。ふたりでロンの教室を掃除《そうじ》している間、ロザリー先生は持ってきた新しい本の話をしてくれる。二冊《さつ》の詩集《ししゅう》。新しい絵《え》の具箱《ぐばこ》の話。六色の絵の具だ。それから連れてきた三毛《みけ》の子猫《こねこ》の話をしてくれる。子猫《こねこ》の名前は、アナベル・リー。

ロザリー先生は子猫《こねこ》の話をしながら、笑った。おじさん夫婦《ふうふ》の家に滞在《たいざい》しているときに、子猫《こねこ》がどこからともなく玄関《げんかん》にあらわれたという。

犬みたいだ、とわたしは思った。

「もちろん、飼《か》うことにしたのよ」ロザリー先生はいう。「あの子なら、だれでも飼《か》いたがるわ」

食堂の鐘《かね》の鳴る大きな音が、わたしたちに割《わ》りこんだ。

「お昼ご飯よ、急いで」ロザリー先生はいう。「わたしはここを片《かた》づけてしまうわ。お兄さん、きっとすごく驚《おどろ》くわね」

わたしはロンの教室を見回《みまわ》した。きれいにきちんと整《ととの》えられて、窓《まど》にはカーテンもかかっている。

ロンはびっくりする。

もっと別の気持ちかも。

きっと、喜ぶ。

ロンの教室を掃除《そうじ》して整《ととの》える手伝いができて、うれしい。

ロザリー先生がロンに黄色いカーテンを縫《ぬ》ってくれて、うれしい。

トレイにカップとティーポットをのせると、食堂に運んだ。


お昼ご飯のあと、母さんが一休《ひとやす》みしなさいといった。

おじいちゃんは、昼寝《ひるね》をしなさいという意味だと教えてくれる。

でも今日は疲《つか》れていない。それで紙と鉛筆《えんぴつ》を持ってベッドに寝転《ねころ》ぶ。

その日、ロンは夕ご飯に来《こ》なかった。わたしたちが食べ終わると、母さんは野菜や麺《めん》、チキンを入れた深皿《ふかざら》に白いフキンをかけてわたしに持たせた。

「たぶん、まだ教室で仕事しているのよ」母さんがいう。「教室にいなかったら、家のテーブルの上に置いておいて」

深皿《ふかざら》をロンの教室まで持っていく。途中《とちゅう》で、不良《ふりょう》っぽい子たちが野球をしているのを見た。ロンがあの子たちのために作った野球場を走り回りながら、高笑いしたりワーワー騒《さわ》いだりしている。今日は、男の子たちと同じくらい元気がありあまっている犬が吠《ほ》えながら、ついて走っている。

あの犬はどこから来たのだろう。

あの男の子たちは、ロンが大学に戻《もど》ったらどうなるんだろう。

次の先生は、ロンみたいにバットやグローブやボールを買ってあげるだろうか。

ロンが大学に戻《もど》ったら、わたしはどうなるだろう。

ロンがいなかったら、ものすごく寂《さみ》しい。

ロンの教室のドアは閉《し》まっていたが、しっかり閉《し》まってはいなかった。ドアを押《お》すと、音もなく開いた。

ロンのささやくような声が聞こえるけど、何を言っているのかはわからない。

ロンの教室に足を踏《ふ》み入《い》れる。

わたしは足元《あしもと》に目を落とした。じゃまはしたくない。

「できないよ」ロンがいう。

悲しそうな声。

たしかにロンの声だ。

少し怒《おこ》ったような声。

目を上げると、心臓《しんぞう》が止《と》まりそうになった。

兄さんだ。ロンはロザリー先生に腕《うで》をまわしている。でも、わたしを抱《だ》きしめるときと同じじゃない。ロザリー先生もロンに腕《うで》をまわしている。でも、わたしを抱《だ》きしめるときと同じじゃない。ふたりは頭を寄《よ》せ合《あ》っていた。夕暮《ゆうぐ》れの薄明《うすあ》かりに映《うつ》るふたりの顔が、ぬれて光っている。

そこで何か音をたててしまったんだ。ふたりが同時にわたしのほうを向いたから。心臓《しんぞう》がまた激《はげ》しく打ちはじめ、恥《は》ずかしくて頬《ほほ》が真《ま》っ赤《か》になった。わたしに気づく前に、走って逃《に》げ出せればよかった。

ふたりはぱっと離《はな》れ、わたしは目をふせた。ふたりの頬《ほほ》がわたしみたいに恥《は》ずかしさで赤くなるのを見たくない。

一番近い机《つくえ》に、麺《めん》と野菜やチキンの入った深皿《ふかざら》を置くと、出口のほうを向いた。

「マナミ」ロンが声をあげた。

ロンがなんていうのか聞きたくない。

聞き上手《じょうず》になんて、なりたくない。だから、ドアから出ていった。

駆《か》け出《だ》した。不良《ふりょう》少年たちの前を通《とお》り過《す》ぎる。食堂も通《とお》り過《す》ぎる、中では母さんがまだ掃除《そうじ》をしている。

自分の居住棟《きょじゅうとう》の正面《しょうめん》のステップに着いて、やっと立《た》ち止《ど》まった。

おじいちゃんに動揺《どうよう》していることを気づかれないように、しばらくじっとして気持ちを落ち着かせてから中に入る。おじいちゃんが座《すわ》っているテーブルのそばを通り、自分の使っているベッドのところへ行って、わたしも腰《こし》をおろした。

隠《かく》れられるのは、わたしたちのこの部屋だけだ。ロンは家族の前では話しかけてこないだろう。ロンとロザリー先生のことを考える。

秘密《ひみつ》をなんでも話してくれるロンが、このことは話してくれなかった。いろんな話を聞かせてくれるロザリー先生が、この話はしてくれなかった。わたしが知らない秘密《ひみつ》が、ほかにどれだけあるんだろう。

学校が始まる直前《ちょくぜん》に、居住棟《きょじゅうとう》を次々と伝染《でんせん》する病気が流行《はや》りだした。「体《からだ》を休めるのよ」母さんは食堂の仕事に行く前に、わたしにいう。「食べるんだぞ」父さんは仕事場に行く前に、わたしにいう。だけど、休息《きゅうそく》も食事も役に立たない。わたしは体調を崩《くず》し、ほかの子たちと新学期を迎《むか》えられなかった。

ロンは朝授業《じゅぎょう》に行く前、何もいわない。でも、わたしの腕《うで》にぽんと触《ふ》れていく。伝染《でんせん》した病気は、咳《せき》とくしゃみが出た。寝《ね》こむことになったのはたいてい老人だ。だけど、わたしは咳《せき》やくしゃみが出るわけではなかった。具合《ぐあい》が悪いのは心と頭だ。ロンとロザリー先生の秘密《ひみつ》を知ってから、わたしの体調はどんどん悪くなっていった。気分が悪くなるにつれ、わたしののどがどんどん狭《せば》まり、細くなっていく。今では言葉どころか、食べ物も通らなくなってきた。母さんは食堂の調理場《ちょうりば》でスープを作り、おじいちゃんがスプーンで口に運んでくれる。

毎日二回、学校に行くときと帰るときに、家の前を通るクラスメイトたちのおしゃべりが聞こえる。キミの隣《となり》の席にはだれか新しい子が来ただろうか、それともわたしのためにまだ空《あ》けてくれているだろうか。ロザリー先生はわたしを待っているだろうか。

ロザリー先生のことを考えると、わたしの胃《い》が痛《いた》くなり、のどが押《お》しつぶされそうだ。

それで、このごろこの刑務所《けいむしょ》村の道をうろつくようになった、犬たちのことを考えることにした。

数《かず》を数《かぞ》えてみる。キミのところに一匹《ぴき》。食堂のそばに一匹《ぴき》。牛のところに二匹《ひき》。不良少年《ふりょう》たちといるのが一匹《ぴき》。たぶん、わたしが体調を崩《くず》してからもっと増《ふ》えているはずだ。

残りの絵もほかの犬たちが見つけるだろうか。

トモのための絵がなくなってしまう。

そうしたら、トモはどうやって、わたしを見つけるの？

母さんと父さんとおじいちゃんとロンが、わたしが眠《ねむ》っていると思って小さな声で話している。

「なんとかしないとな」と父さんがいう。

「マナミは良くなってるようには見えないよ」とロンがいう。

「むしろ悪くなってきているようだな」とおじいちゃんがいう。

「お医者さんに連れていくわ」と母さんがいう。

次の朝、母さんはわたしを病院に連れていった。

この刑務所《けいむしょ》村の中で一番遠いといっていいほど、離《はな》れている。第二九区の裏側《うらがわ》で、共同墓地《きょうどうぼち》に近いところだ。

わたしたちの居住棟《きょじゅうとう》の前に大きなトラックが停車《ていしゃ》した。島を離《はな》れた日と同じように。兵士がひとり、母さんとわたしと一緒《いっしょ》に荷台《にだい》に座《すわ》る。島を離《はな》れた日と同じように。

そのトラックが病院に連れていってくれた。

外からだと、病院はほかの建物と区別《くべつ》がつかない。

中は広々とした部屋にベッドがいっぱいあって、一つひとつがカーテンで仕切《しき》られている。

母さんが看護師《かんごし》さんに話をしたら、その看護師《かんごし》さんがベッドの一つに案内してくれた。

トラックに揺《ゆ》られてくたびれたので、わたしはそのベッドに横になった。

看護師《かんごし》さんがベッドのカーテンを引き、診察《しんさつ》をした。それからお医者さんも診察《しんさつ》をした。

「娘《むすめ》さんは、どこが悪いのかわからない。症状《しょうじょう》の原因《げんいん》がわからない」お医者さんはいった。「厳《きび》しい気候のせいかもしれない。気温が高すぎる。風が強すぎる。乾燥《かんそう》しすぎる。あなたも働いているのなら、娘《むすめ》さんをここで面倒《めんどう》見ることもできますよ」

「家に連れて帰ります」と母さんはいった。

母さんとおじいちゃんがわたしのことを話しているのが、聞こえてくる。ふたりは、悲しみとか心の病気とかいう言葉を口にしている。でも、ロンの秘密《ひみつ》は話せない。書いたりもしない。

ある日の放課後、母さんがキミをベッドまで連れてきた。キミはわたしのそばの椅子《いす》に座《すわ》る。

「体《からだ》を起こせる？」キミが聞く。「髪《かみ》をとかしてあげる」

母さんは起き上がるのを手伝ってくれたあと、わたしたちをふたりっきりにしてくれた。キミはわたしの髪《かみ》をとかしながら、学校の話をしてくれる。

「ロザリー先生とわたしは、あんたの席をそのままにして待ってるよ」キミはいう。

キミは自分の犬の話もしてくれる。

「ココは、母さんがほんのちょっとでもひとりにしておくと、赤ちゃんみたいに鳴くの」

キミはわたしのベッドの端《はし》っこに座《すわ》って、あぐらをかいた。不良《ふりょう》少年たちのうわさ話や、今日の朝ご飯《はん》の文句《もんく》まで話してくれる。学校で勉強したばかりの詩を暗唱《あんしょう》してくれて、わたしたちをこの刑務所《けいむしょ》村に送りこんだ戦争のニュースを小声でささやく。

母さんが果樹園《かじゅえん》でとれたリンゴを薄《うす》切りにして持ってきてくれた。リンゴはいい香《かお》りがする。一切《ひとき》れつまんで、小さくかじった。わたしののどが、リンゴのかけらを飲みこめるくらい開いた。もっとリンゴが食べたいと思った。


わたしが体調を崩《くず》してから、家族がまた集まりだした。父さんは、夕方を仕事仲間と過《す》ごさなくなった。わたしたちと一緒《いっしょ》に部屋で過《す》ごす。ロンも同じだ。家族が話をしないことに、わたしも気がついている。でも、少なくともみんな一緒《いっしょ》の部屋にいる。

夕ご飯のときに、母さんからキミが来たことを聞いたに違《ちが》いない。父さんは食堂から帰ってくるなり、ごつごつした大きな手でわたしの額《ひたい》をなでた。

「リンゴを食べたんだって？」父さんが聞いた。笑顔《えがお》だ。

母さんは食堂にいて、後片付《あとかたづ》けをしている。

父さんはテーブルについて、木片《もくへん》とナイフを取り出す。

おじいちゃんは窓《まど》のそばに座《すわ》って、夜の景色《けしき》をながめている。

ドアをノックする音が聞こえ、ロンがドアを開けていう。

「マナミの先生を連れてきたよ。マナミに会いたがっているんだ」

父さんが立ち上がり、テーブルの上にナイフと木片《もくへん》を置く。

「どうぞ」父さんがロザリー先生にいう。

父さんとロン、そしてロザリー先生は互《たが》いを見つめ合った。

おじいちゃんが立ち上がったのと同時に、母さんが戻《もど》ってきた。

「母さん、ほら、マナミの先生だよ」ロンがいう。

「ようこそ」母さんがいう、「わざわざすみません」

「いいえ、どういたしまして」ロザリー先生はいう。「マナミのことがずっと心配で」

目を閉《と》じて、眠《ねむ》っているふりをしたかったけど、ロンが最初に入ってきたときに、起きているのを見られていた。

父さんや母さんのように秘密《ひみつ》を持ちたくない。

秘密《ひみつ》を持たないロンのためでも、秘密《ひみつ》は持ちたくない。

わたしのためにスープを作ってくれる母さんに秘密《ひみつ》を持つなんて、だめだ。

絵の具を探《さが》してきてくれたおじいちゃんに対しても。

扇子《せんす》を作ってくれた父さんに対してもだ。

「どうぞ、おかけください」母さんがロザリー先生にいう。

ロザリー先生が座《すわ》る。ロンも座《すわ》る。おじいちゃんが座《すわ》る。父さんはうろうろしている。母さんがクッキーのお皿《さら》を持ってきて、グラスにお水を注《そそ》いだ。

「登校できないのは、マナミも気にしています」おじいちゃんがいう。

「具合《ぐあい》が悪いのは知っています」ロザリー先生がいう。「今、たくさんの子が病気にかかっています」

「マナミの場合はちょっと違《ちが》うんです」とおじいちゃんがいう。

「わかっています」ロザリー先生がいう。

ロンとロザリー先生は一瞬《いっしゅん》目を合わせた。部屋のこちら側から、ふたりの秘密《ひみつ》がもうすぐ秘《ひ》密《みつ》でなくなるのがわかった。

ロンが椅子《いす》から立ち上がり、ロザリー先生の後ろに立った。ロンは両手を先生の肩《かた》に置く。

「みんなに、知っててもらいたい」ロンがいう。「ロザリーは、マナミの先生以上の存在《そんざい》なんだ」

少しの間、だれもピクリとも動かない。

それから、父さんが腹《はら》を立てたように部屋を出ていった。

母さんは目を閉《と》じると、テーブルに自分のグラスを置いた。

おじいちゃんは、椅子《いす》の背《せ》にもたれた。わたしから、その顔は見えない。

「マナミと話してもいいですか？」ロザリー先生がたずねる。

わたしは目を閉《と》じる。

椅子《いす》が床《ゆか》をこする音が聞こえた。

「こんばんは、マナミ」ロザリー先生がいう。

目を開《あ》けた。開《あ》けたくはなかったけど、ロザリー先生の気持ちを傷《きず》つけたくはない。それでも、先生の顔は見ることができなかったので、自分の手を見つめていた。

「ずっと心配していたの」ロザリー先生がいう。

「あなたのいない教室は寂《さみ》しいわ」ロザリー先生がいう。

「わたしの子猫《こねこ》も、あなたに会いたがってる」ロザリー先生がいう。

「新しい詩集は、もう半分近く読んだのよ」ロザリー先生がいう。

「教室の壁《かべ》は、クラスのみんなが描《か》いたきれいな絵でいっぱいよ」ロザリー先生がいう。

それから、先生は黙《だま》りこんだ。

帰ろうとしているんだ、それで目を上げた。ロザリー先生の顔が近くにあった。視線《しせん》が合った。

「寂《さみ》しいわ」ロザリー先生はいう。「お願い、戻《もど》ってきて」

わたしはうなずいた。

ロザリー先生はわたしの手をぎゅっと握《にぎ》り、そして立ち上がった。


翌朝《よくあさ》、わたしは学校に戻《もど》った。

ロンと一緒《いっしょ》に登校する。

ロンは新しい野球チームのことを話してくれる。不良少年《ふりょう》だらけの野球チーム。

ロンは学生新聞《がくせいしんぶん》のことも話してくれる。ロンの教え子たちはかしこい。

ロザリー先生の子猫《こねこ》のことも話してくれる。子猫《こねこ》は、教室に置いたバスケットから逃《に》げ出《だ》して、ロザリー先生の教室がある建物の中をあちらこちら探検《たんけん》して回《まわ》ったらしい。

ふいに、ロンが立《た》ち止《ど》まった。

ロザリー先生がするように、しゃがんでわたしの目をのぞきこんだ。

「おまえは、先生が好きなんだね」ロンがいう。「おまえは、ロザリー先生を愛してくれてる。たぶん、ぼくがどれだけ彼女《かのじょ》のことを愛しているかも、わかっているんだね」

そう、ロンは正しい。わたしはわかってる。よくわかってる。

でも、昨日の夜の父さんの言葉を思い出す。

「恋愛《れんあい》は禁《きん》じられている」父さんはいった。

「間違《まちが》っている」父さんはいった。

母さんの言葉も思い出す。

「危険《きけん》だわ」母さんはいった。

「ありえない」母さんはいった。

でも、おじいちゃんの言葉も思い出す。

「すばらしい」おじいちゃんはいった。

「愛だな」おじいちゃんはいった。

ロンがわたしにいった言葉と同じだ。愛……。

「ロザリー先生がぼくのことを、どれだけ愛してくれているかもわかる？」ロンが聞いた。

うん。だけど、**禁《きん》じられている。危険《きけん》**。その言葉の意味もわかっている、それだけに、兄さんのことが心配だ。


キミはわたしを見ると、うれしさにキャーと声をあげ、ぴょんぴょん飛《と》び跳《は》ねた。それから、わたしを抱《だ》きしめて、くるくる回った。

「戻《もど》ってきたのね！」

ほかの子たちも集まってきた。みんなにこにこして、挨拶《あいさつ》してくれる。リョウでさえ、大声でいった。

「おい、マナミが来たぞ！」

校庭で、「忠誠《ちゅうせい》の誓《ちか》い」を唱《とな》え愛国歌《あいこくか》を歌うみんなと一緒《いっしょ》に列に並《なら》んでいるわたしを見て、ロザリー先生が駆《か》け寄《よ》ってきた。

「登校してくれて、ありがとう」ロザリー先生はいった。

わたしの後ろにはキミがいて、横にはロザリー先生がいる。そして、向こうにはロンがいる。

学校に来《こ》られて、ほんとによかった。

10月

少しずつ空気は冷《つめ》たくなり、陽も短くなった。

下校時、教室を出ると影《かげ》が以前より長い。国旗掲揚台《こっきけいようだい》のポールの影《かげ》は校庭の後ろのほうにのびている。野球場は夕ご飯前に暗《くら》くなった。

ロンは、不良《ふりょう》少年たちがここ数日学校を休んでいるという。それだけならうれしいことだけど、ロンは男の子たちを探《さが》しにいってしまう。建物の陰《かげ》に隠《かく》れて何かこそこそやっている不良《ふりょう》たちから、離《はな》れていてほしい。不良《ふりょう》たちにも、ロンからうんと離《はな》れていてほしい。

帰り道、長くのびた影《かげ》の中で見つけた二人にロンが話しかけている。

忍《しの》び足《あし》で近づいて、聞き耳をたてる。

「これを、いったいどうするつもりなんだ？」ロンが紙を手に聞いている。

「密告者《みっこくしゃ》だよ。そのリストの全員が」不良《ふりょう》の一人がいった。

「こんな紙を回《まわ》していたら、面倒《めんどう》に巻《ま》きこまれるぞ」ロンはいう。「伝言《でんごん》なら、自分でやらせろ。きみたちは関《かか》わり合《あ》いになるんじゃない」

「やつらは見張《みは》ってる。あんたのこともだ！　それで警官《けいかん》にこっそり知らせるんだよ」もう一人の不良《ふりょう》がいう。

「学校に戻《もど》ってくるんだ」ロンがいう。「ここから出たいんだろう？　だったら学校に来《こ》い」

不良《ふりょう》たちは行ってしまい、ロンはその紙を破《やぶ》ってポケットに入れた。

わたしは動かない。

でも、ロンは気づいた。

「マナミ！」ロンが声をあげた。ロンの声は怒《おこ》っている。そして、ぎょっとしたようすだ。

「家に帰るんだ、さあ！」

わたしは駆《か》け出《だ》した。


母さんの畑はだんだん小さくなって、ハーブの畝《うね》三つだけになった。母さんを手伝って葉をつむ。茎《くき》は茶色く変色して、もう成長も止《と》まった。

先月、ニンニクと玉ねぎを全部掘《ほ》り起《お》こした。この畝《うね》の土は硬《かた》かった。母さんは柔《やわ》らかい土に戻《もど》るまで畝《うね》を掘《ほ》り返《かえ》した。それから、小さな玉ねぎとニンニクを植える場所がわかるように、畝《うね》に穴《あな》を開けてくれた。

この小さな玉ねぎやニンニクは、収穫《しゅうかく》した中から母さんが選《え》り分《わ》けておいたものだ。来年、ここから新しい玉ねぎやニンニクが育つだろう。

「冬の寒さにさらす必要があるの」母さんはいう。「そうすれば、次の夏に向けて強く育つのよ」

わたしたちはハーブをそのままにしておいた。刈《か》りこまなければ、花をつけるだろう。花が充《じゅう》分《ぶん》大きくなったら、母さんが切って種《たね》を集める。

作業《さぎょう》が終わると、母さんとわたしはハーブの横の地面に座《すわ》った。

「ここはすばらしい畑だわ」母さんがいう。「島の畑より、いいくらい」

わたしは母さんを見た。わたしの驚《おどろ》いた顔に気がついたに違《ちが》いない。この畑では小さなトマトやキュウリしか実《みの》らなかった。島の畑なら、大きなトマトやキュウリが実《みの》っていたのに。

「島では充分《じゅうぶん》な雨があったわ」母さんがいう。「たくさん雨が降《ふ》れば、植物は浅い根しかはらない。ここの畑にはほとんど雨が降《ふ》らない。だから、植物は深く根をはらないといけない。島から持ってきた植物の根っこは、砂漠《さばく》の夏を生き残れないところだった」

母さんはわたしが毎朝水やりに使ったボウルを取り上げて、わたしの足元《あしもと》に置いた。わたしのあごを持ち上げて、目をのぞきこんだ。

「あなたがこの畑を救《すく》ってくれたのよ、マナミ」母さんがいう。「ありがとう」

母さんは立ち上がると、部屋に戻《もど》っていった。

まだ部屋に戻《もど》る気にならない。畑にしゃがんで、残ったものを見てみた。

ニンニクと玉ねぎが埋《う》まっている畝《うね》。冬の寒さの間を眠《ねむ》るのだ。

成長の最後を迎《むか》えたハーブの畝《うね》、花をつけ種《たね》が実り、それが次の春のハーブに育っていく。

空《から》っぽの畝《うね》。新しい種《たね》がまかれ、新しい植物が育つのを待っている。

強い植物。

深く根をはった植物。

生き残っていく植物。

ある朝、所長《しょちょう》さんが校庭の国旗掲揚台《こっきけいようだい》のところで、待っていた。学校に戻《もど》ってから、所長さんの姿《すがた》を見るのは初めてだ。

今日は、収容所《しゅうようじょ》の警官《けいかん》を連れてきている。

所長《しょちょう》さんと警官《けいかん》の姿《すがた》に、わたしは緊張《きんちょう》した。

生徒たちが並《なら》んで待っていると、所長《しょちょう》さんがいった。

「敬礼《けいれい》！　忠誠《ちゅうせい》の誓《ちか》い！」

クラスメイトたちの声が単調《たんちょう》に響《ひび》く。唱和《しょうわ》が終わると、所長《しょちょう》さんは生徒の列の間を行ったり来たりした。

「誓《ちか》いを唱《とな》えない生徒がたくさんいる」所長《しょちょう》さんがどなった。「なぜだ？」

心臓《しんぞう》がドキドキしはじめ、ベッドを出なければよかったと後悔《こうかい》した。

所長《しょちょう》さんが、すぐそばにやってきた。

「きみのことは、覚《おぼ》えている」所長《しょちょう》さんがいう。「きみは口《くち》がきけないんだったな」

それから所長《しょちょう》さんは別の列に歩いていく。不良《ふりょう》たちの列だ。

「だが、きみは？」所長《しょちょう》さんがいう。

「そして、きみは？」

「きみは、どうなんだ？」

「きみたちは？」

「きみたちは口がきけないわけじゃない。だから、もう一度聞く、なぜ、誓《ちか》いを唱《とな》えない？」

ロンが前に出る。

「今日、練習します」ロンがいう。「明日は……」

所長《しょちょう》さんが手を上げて制《せい》したので、ロンは話すのをやめた。

所長《しょちょう》さんは、校庭の端《はし》に立っていた警官《けいかん》に合図《あいず》をした。警官《けいかん》たちが足音高くわたしたちのほうへやってくると、土けむりがあがった。所長《しょちょう》さんが一枚《まい》の紙をロンに見せるように持ち上げた。

「この三人が、陰《かげ》でこそこそやっているのを見た」

所長《しょちょう》さんは、その紙を読み上げた。

有刺鉄線《ゆうしてっせん》の中に自由はない

紙を振《ふ》って、ロンを見る。

「この子たちは、まだ子どもです」ロンがいう。

「そう」所長《しょちょう》さんはいう。「たしかに子どもだ。だが、危険《きけん》な文書《ぶんしょ》を書いている。しかも、その危険文書《きけんぶんしょ》を、収容所内《しゅうようじょない》に回《まわ》してほかの者に読ませている。教師《きょうし》の指導《しどう》によるものかね？」

ロザリー先生がハッとしたように胸《むね》に手をあてた。でも、ロンは黙《だま》っている。

「さらに悪いのは、この三人が情報《じょうほう》の運び屋をやっているという報告《ほうこく》があることだ」所長《しょちょう》さんはいう。「反抗《はんこう》と抵抗《ていこう》と暴力《ぼうりょく》を企《くわだ》てようとしているやつらに、情報《じょうほう》を運んでいるのだ」

ロンは一歩さがった。ロンは不良《ふりょう》たちを見た。男の子たちはもうそれほど大胆《だいたん》そうに見えない。

ロンがわたしを見る。そして、ロザリー先生を見た。

「ぼくもそのことは知っています」とうとう、ロンはいった。「やめさせようとしたんです」

所長《しょちょう》さんは警官《けいかん》にもう一度合図《あいず》をし、「連行《れんこう》して尋問《じんもん》しろ」というと、校庭から立ち去った。

警官《けいかん》たちが両脇《りょうわき》からロンの腕《うで》をつかんだ。

「自分で行きますよ」ロンがいった。

警官《けいかん》たちはロンを放《はな》し、自分で歩かせた。

警官《けいかん》たちがロンを連れていこうとしている、そのことで頭がいっぱいだった。

それと、何かおかしいということ。でも、何が起きたのか、わからない。

「力になってくれ！」ロンが肩越《かたご》しに振《ふ》り返《かえ》って叫《さけ》んだ。

力になる？　だれの？　ロンはどういう意味でいったの？

ロンに、どういう意味かたずねたい。

ロンに、何が起きているのかたずねたい。

ロンに、どこに連れていかれて、いつ戻《もど》れるのかたずねたい。

だけど、のどは土ぼこりで覆《おお》われたままだ。

ぐらりとした。

ロザリー先生が抱《だ》きかかえてくれた。

「ロン……」ロザリー先生がつぶやく。

ロザリー先生は不良《ふりょう》たちをじっと見つめる。

「何をしたの？」ロザリー先生がいう。「あなたたち、いったい何をしたの？」

一番近い建物のステップに別の先生が上り、わたしたちのほうを向いた。

「今日は、休校《きゅうこう》だ」その先生はいった。

ほかの生徒たちがわたしを見つめている。肌《はだ》に穴《あな》が開きそうなくらい強い視線《しせん》を感じる。

ロザリー先生に両腕《りょううで》でしがみついたまま、わたしは校庭に立ちつくす。先生の涙《なみだ》がわたしの髪《かみ》をぬらし、やがて校庭はふたりだけになった。

力になってくれ。

わかったわ。


夕方までに、学校でのできごとは刑務所《けいむしょ》村のみんなに知《し》れ渡《わた》った。第三区では、みんながロンを立派《りっぱ》だといった。ロンは自分の生徒、不良《ふりょう》たちを助けようとしたのだ。結局は助けられないだろうが。

別の区画《くかく》では、ロンを裏切《うらぎ》り者《もの》だといった。ロンは所長《しょちょう》さんや警官《けいかん》に、不良たちを使って情報《じょうほう》をやり取りしていた人物の名前を話したといった。

今、ロンは拘置所《こうちしょ》にいる。

父さんが、短時間だけ面会《めんかい》を許《ゆる》された。それでも、ロンがけがなどさせられていないことだけは確認《かくにん》できた。

その夜、母さん、父さんそしておじいちゃんがテーブルを囲《かこ》んで座《すわ》った。わたしみたいに、だれもしゃべらない。みんなののどにも、土ぼこりが詰《つ》まりはじめたんだろうか……。

ロンが逮捕《たいほ》された翌日《よくじつ》、雨がやってきた。この雨は、母さんの畑に残っていたハーブの茎《くき》を硬《かた》い地面にたたきつけるように、激《はげ》しく降《ふ》った。

「気にしないわ」母さんがいう。「花はつんだし、とれるものはすべて収穫《しゅうかく》した」

雨は雷《かみなり》を連れてきた。犬たちはステップの下で縮《ちぢ》こまっていた。ニワトリは、小屋の中でやかましく鳴いて、羽をばたつかせている。

雨は刑務所《けいむしょ》村の道という道をかき混《ま》ぜ、泡立《あわだ》つ水たまりにした。

ロンなしで登校する最初の日、母さんもおじいちゃんも、学校まで送っていくといってくれた。でも、ふたりについてきてほしくはない。

校庭に着いたら、みんなはもう教室に入っていた。

雨で湿《しめ》っぽい空気を、深く吸《す》った。

雨で校庭は水びたしになりはじめ、滑《すべ》りやすいどろどろのぬかるみに変わっていた。

泥《どろ》は、校庭をまったく違《ちが》う風景《ふうけい》にかえていた。

泥《どろ》は、校庭をまったく別の場所のように感じさせた。

そのせいか、ロンのいない登校もあんまりつらくない。
今は、まったく新しい場所に見える。初めからロンなんかいなかった場所のように。

空っぽのロンの教室の前を通《とお》り過《す》ぎる。ロンの生徒たちは別の棟《とう》の先生のところに通っている。少しの間だけだ。ロンが帰ってくるまでの。

生徒たちは静かだ。
先生たちも静かだ。
不安な静けさ。怖《おそ》れているような静けさ。

放課後、教室の掃除《そうじ》を手伝おうと残った。いつものロザリー先生だったら、わたしののどがおしゃべりしない分、先生がいっぱいおしゃべりをする。教室のあちらこちらを飛《と》び回《まわ》りながら、学校の周《まわ》りで見つけた面白《おもしろ》いもの、ハートの形をした石ころとか、紫《むらさきいろ》色の小さなセージの花とかを見せてくれたりする。

でも今日は、黙《だま》って自分の机《つくえ》についたまま、わたしが掃除《そうじ》を終えるまで窓《まど》の外をながめていた。

帰りぎわ、わたしに紙を渡《わた》していった。
「ありがとう、マナミ。また明日ね」
ロザリー先生の力になって欲《ほ》しいといわれたのに、これでは、ぜんぜんだ……。

11月

父さんは帰ってきたとき、怖《こわ》い顔をしていた。

父さんの怒《いか》りは、不良少年《ふりょう》たちに向けられた。

あの子たちの父親に向けられた。

母さんとわたしに向けられた。

父さんの怒《いか》りは、ロザリー先生に向けられた。

母さんはじっと見守り、待った。

わたしが眠《ねむ》っているように見えたときは、悲しみが母さんの瞳《ひとみ》にあふれ、両目から涙《なみだ》がこぼれ落ちるのがわかった。

おじいちゃんは作業《さぎょう》の手を止《と》めない。

心配しながら、針金《はりがね》をねじり、木片《もくへん》をみがき、小さなボートや家を作った。

ロザリー先生はどんどんやつれていった。

深い悲しみは、ロザリー先生の目の下にくまを作った。

ロンが逮捕《たいほ》されて三日後、やっと雨が止《や》んだ。ここの雨は少しずつ止《や》んだりしない。いまごうごうとたたきつけるように降《ふ》っていたのに、次には静かになっている。

夕ご飯の後、教室に走っていった。明《あ》かりはまだついている。ロザリー先生の手を取って、家まで一緒《いっしょ》に連れてきた。

どうしたらロザリー先生の力になれるか考えて、思いついたのはこれだけだった。

家の小さなテーブルで、母さんはロザリー先生に食事をさせた。

おじいちゃんはロザリー先生の腕《うで》に優《やさ》しく触《ふ》れた。

そして、ようやく父さんが話しだした。

「ロンはインディアナに戻《もど》るべきだった」父さんはいった。

「ええ」ロザリー先生がいう。

「だが、あいつは、あんたのためにここに残った」父さんがいう。

「わたしのためではありません」ロザリー先生がいう。「わたしは大学に戻《もど》るよう頼《たの》んだのです」

母さんが父さんに何かささやく。

父さんはまだ怒《おこ》っているが、次に口を開いたときには、少しおだやかな声になっていた。

「もう少し気をつけるんだ」

「もし、何かわかったら……」と母さんがいう。

「きっと、お伝えします」とロザリー先生はいった。「今日はありがとうございました」

母さんはロザリー先生の両手をぎゅっと握《にぎ》った。それから、わたしにドアを開《あ》けるよう合図《あいず》した。

わたしはロザリー先生と一緒《いっしょ》に、区画内《くかくない》を歩いていく。

管理棟《かんりとう》の前で、ロザリー先生は立《た》ち止《ど》まった。

「ありがとう、マナミ。ロンがいってた……」ロザリー先生の声が途切《とぎ》れる。「ロンはいってたわ、マナミは最高の妹だよって。急いで帰ってね」

わたしはロザリー先生が職員宿舎《しょくいんしゅくしゃ》に歩いていくのを見ていた。暗闇《くらやみ》が先生の姿《すがた》をのみこんでしまうと、わたしはぬかるみの中をとぼとぼと第三区まで帰った。

入り口のドアが後ろで閉《し》まるちょうどそのとき、校庭の方角《ほうがく》をちらっと見た。遠くの街灯《がいとう》の明《あ》かりの中に、犬の影《かげ》が見えた。はっきりとは見えない――明《あ》かりは薄暗《うすぐら》いし、犬は遠くにいるし、ドアはすぐに閉《し》まったから。でも、とがった耳が見えたと思う。ひきしまった小さな体《からだ》も見たと思う。鼻を空中に上げているのも見たと思う。

とうとうトモがやってきたのだろうか？

もう一度、ドアを開けた。

だが、犬はいなくなっていた。

どこへ行ってしまったんだろう。

ほんの少し前、ロザリー先生とあのあたりに立っていたのに、どうして犬に気づかなかったんだろう。

何か別のものが目に入って、外に一歩出た。

黒い壁《かべ》に白い文字が光っている。

気をつけるがいい、この裏切《うらぎ》り者《もの》め！

文字は書かれたばかりで、しずくがたれている。

大急ぎで部屋に入り、おじいちゃんの手をつかんで、戸口《とぐち》へ引《ひ》っぱった。

父さんと母さんもついてきた。

父さんは文字を見るなりいった。

「中に入ってなさい」

母さんとわたしは部屋に入った。ずいぶん経《た》ってから、父さんとおじいちゃんが戻《もど》ってきた。

「消《け》したよ」父さんがいう。袖口《そでぐち》はぬれていて、服には白い汚《よご》れがついている。「このことを報《ほう》告《こく》しないと。しかし、みんなは部屋の中にいてほしい。これからは、だれもひとりで外に出るんじゃないぞ」


翌朝《よくあさ》、父さんは仕事を休んだ。

「ロンに会いにいくぞ」父さんはいった。

テーブルからわたしがすぐに立たなかったので、父さんがコートを取り、わたしの肩《かた》にかけた。

「おいで」父さんがいう。

拘置所《こうちしょ》で、ロンはテーブルの前に座《すわ》っている。その後ろは、鉄柵《てっさく》が入った部屋が並《なら》んでいる。

中に入るとすぐに、ロンが立ち上がった。

「父さん、」

ロンはかすれた声でいうと目をふせた。

母さんがロンを抱《だ》きしめた。母さんは手をのばし、ロンの額《ひたい》にかかった髪《かみ》を後ろになでつけた。ロンに何といったかは聞こえない。

次に、おじいちゃんがロンを抱《だ》きしめた。

「ロン」父さんがいう。その声は重々《おもおも》しい。

ロンがやっと目を上げた。

「すみません」ロンが父さんにいった。

「大学を辞《や》めたことか?」父さんが聞く。

「いいえ」ロンはいった。「大学のことじゃありません。昨夜の壁《かべ》の落書きのことを聞きました。こんなふうに父さんの顔をつぶすことになって、もうしわけありません」

父さんはしばらく無言《むごん》だった。それから、咳払《せきばら》いをしていった。

「おまえのせいじゃない」

わたしたちと一緒《いっしょ》に兵士が一人入ってきた。

「タナカさんと奥《おく》さんですね」兵士はいった。そして、おじいちゃんを見た。

「祖父《そふ》です」ロンがいう。

「おかけください」兵士がいう。「ロンを釈放《しゃくほう》しようと思います。ですが、昨夜のような落書きが書かれる前から、わたしたちはロンの身《み》が安全でないかもしれないと考えていました。ロンをほかの収容所《しゅうようじょ》に移転《いてん》させることは可能《かのう》です。アイダホにあるミニドカ収容所《しゅうようじょ》が最適《さいてき》だと思います。だが、アリゾナも考えられます」

「アイダホ？　アリゾナですって？」母さんがつぶやく。「どちらも、遠いわ」

「ここで釈放《しゃくほう》することもできます」兵士がいった。「だが、身の安全は保障《ほしょう》できません」

「ほかの収容所《しゅうようじょ》では、どうなんですか？」父さんがたずねる。「そこなら、安全は保障《ほしょう》されるのですか？」

「いいえ」兵士は答えた。「しかし、ここよりはましだろうと思われます」

「大学に戻《もど》るというのは？」おじいちゃんがたずねる。

「一つの選択肢《せんたくし》としては、可能《かのう》です」兵士はいう。「しかし、それが実現《じつげん》するまでにたくさんの書類事務《しょるいじむ》があり、われわれはそんなに長く、ロンをここに置いてはおけないのです。どうするか、ご家族で話し合ってください」

兵士が出ていってしまうと、父さんが口を開いた。

「行くべきだ」父さんはいった。「あの兵士は正しい。おまえにとって、ここは安全じゃない」

「わたしも同じ意見よ」母さんがいう。

「おじいちゃんは？」ロンが聞いた。

「問題はどちらに行くか、ということだけだ」おじいちゃんはいった。

ロンは、肩《かた》を落とした。

「アイダホの収容所《しゅうようじょ》が、わたしたちの家に近いわ」母さんがいう。

「母さんたちも来《こ》られるかもしれない」ロンがいった。

兵士が戻《もど》ってくるまでに、ロンは母さんに荷造《にづく》りして欲《ほ》しいものを頼《たの》んだ。

「決まりましたか？」兵士はたずねた。

「ミニドカに行きます」ロンはいった。

「明日出発できるように、手配《てはい》をします」兵士はいった。

母さんとおじいちゃんと父さんはドアのところで待ってくれた。ロンがわたしのそばに体《からだ》をかがめた。

「ここにいられなくて、ごめんよ」ロンはいった。

わたしはロンの首に抱《だ》きついた。

「たぶん、今度はマナミがぼくのところに来ることになるよ」ロンはいった。

ロンの首を離《はな》したくなかった。でも、父さんがわたしを抱《だ》き上《あ》げて連れ出した。

すごく泣いたので、わたしが頬《ほほ》をくっつけていた父さんのシャツは、びしょぬれになった。

拘置所《こうちしょ》から帰った後、学校に行きなさいとはいわれなかった。

母さんはわたしに、部屋の中でロンに持たせるシーツや毛布《もうふ》や洗濯《せんたく》した衣類《いるい》をたたませた。わたしは母さんに指示《しじ》された場所にロンの本を積《つ》んだ。その中からどの本を届《とど》けるか母さんが選ぶのだ。

ロンのスーツケースに荷物を詰《つ》める準備《じゅんび》ができると、母さんはわたしを外に出した。「集中しないと」母さんはいう。「仕事に出かける前に、荷造《にづく》りを終えてしまわないといけないのよ」

母さんの空《から》っぽの畑にしゃがんでいると、後ろからだれかに見られているような気がした。

振《ふ》り返った。

だれもいない。

後ろでハーハーいう声が聞こえた。

急いで振《ふ》り返《かえ》る。

だれもいない。

どこにもいない。

できるだけゆっくりと道を歩く。

何かを感じられるかもしれないから。

何かが聞こえるかもしれないから。

でも、何もない。

そのとき、かすかなにおいがただよってきた。

潮《しお》のにおい、砂《すな》のにおい、そしてもう一つ新しいにおい。

わたしは走った。昨日の夜、影《かげ》を見た場所に向かって。ポンプの向こうまで走っていく。何度もトモの影《かげ》を見て、トモが鼻を鳴らすのを聞いた場所に。ステップの下をのぞき、建物の後ろを探《さが》し、窓《まど》の中をのぞきこむ。探《さが》してはまた走る。

わたしはおじいちゃんに捕《つか》まるまで、走っていた。

おじいちゃんはわたしを両腕《りょううで》で抱《かか》え上《あ》げ、胸《むね》にしっかりと抱《だ》きしめた。

おじいちゃんはそのままわたしを家に連れて帰った。

「あの子はここにはいないよ、おちびさん」おじいちゃんはいう。

おじいちゃんは間違《まちが》ってるといいたい。

あの子を感じた。

あの子の声を聞いた。

あの子のにおいもかいだ。

だけど、おじいちゃんが正しいのはわかっている。

「あの子は来《こ》ない」おじいちゃんはいう。

それも間違《まちが》いだと、おじいちゃんにいいたい。

マンザナの凪は三十一枚《まい》の絵を運んだ。わたしは灯篭《とうろう》にもメッセージを書いた。

だけど、おじいちゃんが正しいのはわかっている。

トモは、わたしの絵を見つけなかった。

トモは、わたしのメッセージを見なかった。

「やめなさい」おじいちゃんはいう。

どうして、やめないといけないの？

おじいちゃんに聞きたい。

覚《おぼ》えてる？

あのとき、あの子を取り上げられたのは、わたしのせいなの。

わたしが取り上げられたの、トモを。


わたしが……。


土ぼこりが鼻をふさいで、においをかげなくなったらいいのに。

風に乗った土ぼこりが耳をふさいで、鳴き声が聞こえなくなったらいいのに。

土ぼこりが目に入って、見えなくなったらいいのに。

だけど一番願ったのは、心にぽっかり開いた大きな穴《あな》を感じなければいいのにということだ。

トモはいない。そして、今度はロンもいなくなる。

その夜、ベッドの中で、おじいちゃんが低い声でぼそぼそ話すのを聞いた。

「マナミは、もうそろそろ新しい犬を飼《か》ってもいい時期《じき》だ」おじいちゃんがいう。

「マナミはトモのことを忘《わす》れたというのですか？」父さんがいう。「なら、どうしてあの子は話さないんです？」

「マナミは、トモを忘《わす》れはしない」おじいちゃんがいう。「だがマナミは、何かの世話をしていないとやっていけない子だ。畑の世話は、マナミにとってよかった。それに、マナミの心は、新しい友だちを受け入れる用意ができたと思う。ロンが行ってしまうとなれば、なおさらだ。新しい友だちが、マナミに話すことを教えてくれるかもしれない」

少しして父さんがいった。

「兵士たちに、新しい犬がいないか聞いてみます」

話が終わると、部屋は静《しず》かになった。それから聞こえたのは、寝息《ねいき》だった。おだやかな息づかいに、軽いいびき。

おじいちゃんが正しいんだろうか？

新しい友だちは、わたしの心に開いた穴《あな》を埋《う》めてくれるんだろうか？

新しい友だちができたら、もう一度話せるようになるんだろうか？

眠《ねむ》りに落ちるまでに、ずいぶんかかった。

翌朝《よくあさ》、母さんがいう。

「学校まで送っていくわ」

早めに家を出た。きっと母さんはほかの人に会いたくないんだ。母さんはフキンがかかった器《うつわ》を持っている。

教室へのステップを上がるとき、母さんはわたしに外で待つように身振《みぶ》りで示《しめ》した。だけど、わたしは気がつかないふりをして、母さんの後ろについていった。

ロザリー先生に言葉をかけたとき、母さんの両目から涙《なみだ》が頬《ほほ》を伝った。

「昨日、ロンに会ってきました。ロンは今朝《けさ》、アイダホのミニドカ収容所《しゅうようじょ》に行きました。そちらなら安全なんです。ここよりも」

「インディアナに戻《もど》っていれば……」ロザリー先生がいう。

「インディアナに戻《もど》れるようなら、それはロンじゃない。ロンはそんな子じゃないわ」

母さんは、ロザリー先生に腕《うで》をまわして抱《だ》き寄《よ》せた。

母さんは、塩《しお》むすびが入った器《うつわ》を、ロザリー先生の手にのせた。

母さんも、ロザリー先生の力になってあげてる。

その日、授業《じゅぎょう》の中でロザリー先生は、みんなに子猫《こねこ》の話をしてくれた。陽気《ようき》なおしゃべりとはいかないけれど、もう黙《だま》りこくってはいない。

ロザリー先生は教室を歩《ある》き回《まわ》り、生徒の肩《かた》に触《ふ》れていく。以前のように軽《かろ》やかに飛《と》び回《まわ》るというのではないけど、じっと座《すわ》りこんでもいない。

家に帰るとき、わたしはスカーフを頭に巻《ま》いて、耳を覆《おお》った。両手で両目を囲《かこ》って、正面《しょうめん》以外は見えないようにした。これで、よけいなものを見たり聞いたりできない。

地面に海の絵を描《か》こうと思った。第三区に。わたしたちの居住棟《きょじゅうとう》の正面《しょうめん》に。

スカーフをはずして、おじいちゃんに手渡《てわた》した。

まず、建物の前をはく。もう土は乾《かわ》いて硬《かた》くなっているので、ほうきで平《たい》らにするのは簡単《かんたん》だった。

それから、おじいちゃんの熊手《くまで》を使って地面に波を描《か》いていく。波の形を掘《ほ》り、カーブした先端《せんたん》をくっきり描《えが》くには、熊手《くまで》をしっかり土に突《つ》き立《た》てなければならなかった。

わたしは砂浜《すなはま》を描《か》き、わたしがいつも座《すわ》っていた岩を描《か》き加《くわ》えた。

おじいちゃんは部屋の前のステップに座《すわ》って、波の絵を見ている。

「寄《よ》せては返《かえ》す波の音を聞くんだ」おじいちゃんはいう。「波をよく見て。波と一緒《いっしょ》にゆっくり息を吸《す》って、ゆっくり吐《は》いてごらん」

波は、刑務所《けいむしょ》村を越《こ》えて広がっていく。

本土を越《こ》えて。ついにはベインブリッジ島《とう》へたどり着く。

吸《す》って、吐《は》いて。

ふいに鳴き声が聞こえた。

波を越《こ》え、ふわふわの小さな体《からだ》が、砂浜《すなはま》を走ってくるのが見えた。

おじいちゃんがはっと息をのんだ。

父さんと母さんがわたしのほうにやってくるのが見える。

わたしはぱっと立ち上がって、走りだした。

トモだ！　と一瞬《いっしゅん》思った。

だけど、腕《うで》の中に抱《だ》いてみると、トモじゃないのがわかった。

トモみたいに白い。トモみたいにふわふわ。トモみたいに柔《やわ》らかい。

わたしの首に鼻を押《お》しつけてくる。トモみたいに。

わたしのあごをなめる。トモみたいに。

だけど、違《ちが》う。

父さんがいう。

「だれかが収容所《しゅうようじょ》の入り口にこいつを捨《す》てていった、と兵士がいっていた。その兵士のあとをついて回《まわ》っていたんだが、犬を飼《か》う気はないそうだ」

母さんがいう。

「この子はトモじゃないわ。だけど、あなたのものよ、欲《ほ》しければね。この子には、世話をしてくれる人が必要なの」

おじいちゃんがいう。

「この子は、おまえの心の中のトモを追い出したりはしない。だが、おまえの心をもっと広げて、自分の居場所《いばしょ》をつくるだろうよ」

ふわふわの白い犬を抱《だ》いて、部屋に入った。

この子はトモじゃない。だけど、わたしの心からトモを追い出したりもしない。

水差《みずさ》しから小さな皿《さら》に水を注《そそ》いで、床《ゆか》に置いてやる。固《かた》いクッキーを細《こま》かくくだいて、別の皿《さら》に入れ、水の横に置いてやる。犬がクッキーを食べて水を飲み終わると、わたしのベッドに寝床《ねどこ》を作ってやった。犬を両腕《りょううで》に抱《だ》きかかえるようにして、そばで丸くなる。

犬は、鼻を鳴らし、ふうっと息を吐《は》き、眠《ねむ》りについた。

おじいちゃんは正しかった。

ちゃんと、この犬の世話ができた。

わたしの心が、広がっていくのがわかる。

12月

刑務所村《けいむしょ》は夏の暑さも厳《きび》しかったが、冬の寒さも厳《きび》しい。島の冬と違《ちが》って、湿《しめ》り気《け》がない。乾《かわ》いている。寒くてカラカラ。

がさがさに乾《かわ》いて荒《あ》れた手の皮膚《ひふ》がさけて、血が出る。唇《くちびる》の皮もめくれる。目がちくちく、ひりひりする。

それでも、のどや口に貼《は》りついた土ぼこりが増《ふ》えるということはなかった。とにかく、夜、わたしを温《あたた》めてくれる柔《やわら》かい体《からだ》がある。

父さんはわたしの小さな友だちを、シールと呼《よ》ぶ。アザラシという意味だ。

「黒い目に黒い鼻」父さんはいう。「白くて、まるでアザラシの子どもだ」

シールとおじいちゃんは、朝わたしを学校まで送ってくれる。それからふたりは、一日中入り口のステップに座《すわ》って、ふたりだけの長いおしゃべりをするのだと、おじいちゃんはいう。学校が終わるころ、ふたりは校庭の国旗掲揚台《こっきけいようだい》のそばまで迎《むか》えに来てくれる。

わたしが授業《じゅぎょう》を受けている間は、おじいちゃんのすぐそばに座《すわ》って、おじいちゃんの犬になる。父さんの仕事場までついていって、父さんの犬になるときもある。食堂のドアのところで待っていて、母さんの犬になるときもある。

だけど、授業《じゅぎょう》が始まる前と後《あと》は、シールはわたしの犬だ。シールはわたしが笑い声を出せなくても、ジャンプし、鳴きたてる。わたしが名前を呼《よ》べなくても、鼻を鳴らし、ついてくる。

シールが胸元《むなもと》に体《からだ》を押《お》しつけたり、ポテトやチキンを食べながらしっぽを振《ふ》ったりするとき、ステップにぺたんと寝《ね》そべって道を見ているとき、わたしの心はぎゅっと閉《と》じてしまう。

ジャンプし、鳴きたてるのは、トモだったはずなのに。

鼻を鳴らしてついてくるのは、トモだったはずなのに。

しっぽを振《ふ》ったりぺたんと寝《ね》そべったりするのは、トモだったはずなのに。

トモがどこかでひとりぼっちで迷子《まいご》になっているのは、わたしのせいだと思い出して心が痛《いた》む。

それでも、シールがわたしの首に鼻をよせると、わたしの心はまた開いていく。


だけど、いくらシールがぐいぐい体《からだ》を押《お》しつけてきても、わたしは幸せな気持ちになれない。

この刑務所村《けいむしょ》では、幸せな気持ちになれない。

ロンがいないと、幸せな気持ちになれない。

父さんと母さんを見ると、その顔に浮《う》かんでいるのは不幸《ふしあわ》せではなかった。恐《おそ》れだ。

第三区の多くの人の顔に恐《おそ》れが見える。兵士や警官《けいかん》が踏《ふ》み鳴《な》らすブーツの足音が、空気をざわめかせる。

そしてある夜、サイレンと叫《さけ》び声《ごえ》が何度もあがるのを聞いた。

次の朝、そのニュースを知った。

男の人がなぐられた。

覆面《ふくめん》をした男たちに。

覆面《ふくめん》の下は、わたしと同じ日本人の顔を隠《かく》した男たちに。
不良少年《ふりょう》と、あの子たちが話していたスパイや裏切《うらぎ》り者《もの》のことを思い出す。
ロンがここに残らなくてよかった。

恐怖《きょうふ》は一日中ふくらみ続けた。最初は数人が管理棟《かんりとう》のそばに集まった。その人数はどんどん増《ふ》えていった。群衆《ぐんしゅう》は、第三区の住民全員よりも多くなった。あちこちの区画《くかく》から、人々が結集《けっしゅう》した。

恐怖《きょうふ》は低《ひく》いうなりから、しだいに増幅《ぞうふく》され緊張感《きんちょうかん》が高まっていった。
恐怖《きょうふ》は初めのうちはじわじわと広がり、そしてどんどんふくれ上がって頂点《ちょうてん》に達《たっ》した。
「暴動《ぼうどう》だ！　中にいろ！」というささやきが、第三区の家から家へ渡《わた》っていく。
でも、部屋の中にいても、騒《さわ》ぎが激《はげ》しくなり怒号《どごう》にかわっていくのがわかる。
叫《さけ》び声。
銃声《じゅうせい》。
翌日《よくじつ》、ひそひそ話が聞こえてきた。
ふたりの少年が撃《う》たれた。
ひとりは瀕死《ひんし》の重傷《じゅうしょう》。
ひとりは亡《な》くなった。

暴動《ぼうどう》のあと、休校《きゅうこう》になった。

キミのお母さんが仕事に出ている間、キミと飼《か》い犬《いぬ》のココはうちの家にいる。

キミはシールの鼻の上に丸めた紙玉《かみだま》をのせて、バランスを取らせようとする。

だれも、ひとりでは出歩かない。

だれも、長くは出かけない。

ロンから手紙が届《とど》いた。

しわがより、少し汚《よご》れた手紙。

母さんが、わたしにも手紙をまわしてくれる。

ミニドカは寒くて、わたしたちが今いるところより、もっと寒い。それ以外は、同じに思える。区画《くかく》ごとに並《なら》んだ同じような居住棟《きょじゅうとう》。果てしなく広いが、海はない。もう雪が降《ふ》っている。ミニドカ収容所《しゅうようじょ》はできたばかりだ。まだ満員《まんいん》になっていない。家族数も少ないし、子どもの数もわずかだ。ミニドカに収容《しゅうよう》されているのはワシントン州やオレゴン州から来た人たちだ。

父さんが帰ってきたので、母さんがロンの手紙を渡《わた》した。

「家族連《かぞくづ》れはほとんどいない」おじいちゃんがいう。「だが、家族連《かぞくづ》れもいるにはいる」

「子どもはほとんどいない」おじいちゃんがいう。「だが、子どももいるにはいる」

「わたしたちも行けるよう、やってみますか?」母さんがいう。

「ああ」父さんがいう。

「そうだ」おじいちゃんがいう。

行きたい、わたしも思う。

暴動《ぼうどう》から一週間経《た》ち、刑務所《けいむしょ》村にも日常《にちじょう》が戻《もど》りはじめた。

その朝母さんは、わたしの手にロザリー先生への伝言《でんごん》を握《にぎ》らせた。

学校はまだ再開《さいかい》していなかったけど、ロザリー先生は教室にいた。

「そうよ！」ロザリー先生は伝言《でんごん》を読み終わるといった「わたしも同じことを考えていたの！」

母さんがなんて書いたかわかる。——ロンのところに行けるようやってみます。

おじいちゃんとシールが、外でわたしを待ってくれている。家に帰る途中《とちゅう》、キミに出会った。

「こんにちは、イシイさん」キミはおじいちゃんに挨拶《あいさつ》した。シールのそばにしゃがんで、耳を掻《か》いてくれる。

わたしたちはおじいちゃんについて歩いた。つないだわたしの手をキミが大きくゆさぶる。

シールは、わたしたちとおじいちゃんの間を駆《か》けまわる。

「島にいたときみたいだね」キミがいう。

その夕方、島から来た第三区の男の人たち全員《ぜんいん》が、夕食後の食堂に集まった。おじいちゃんも行く。

帰ってきてから、父さんは母さんに何があったのかを話した。

第三区の多くの人たちは幸せではなかった。襲撃《しゅうげき》のこと、暴動《ぼうどう》のこと、暴力《ぼうりょく》のこと。

第三区の多くの人たちが、ここを離《はな》れたがっていた。

その人たちは、ロンと同じミニドカ収容所《しゅうようじょ》に送られた友だちからの手紙を持っていた。

わたしたちの収容所《しゅうようじょ》には、新しい所長《しょちょう》さんが来ていた。

その人なら話を聞いてくれるかもしれない。

父さんは所長《しょちょう》さんに面会《めんかい》を申しこもうと思っている。わたしたち家族をミニドカ収容所《しゅうようじょ》にいるロンと合流《ごうりゅう》させてほしいと頼《たの》むのだ。また、第三区の家族みんなが、ミニドカに移動《いどう》できないか頼《たの》むつもりでもいる。

母さんはケイコ姉《ねえ》さんに手紙を書いた。

わたしはトモの絵を描《か》く。

「マナミをケイコのところに行かせる方法もあるはずだ」父さんがいう。

「だめよ、できないわ」母さんがいう。「マナミは小さすぎる」

翌朝《よくあさ》、父さんはいつもより早く家を出た。ケイコ姉《ねえ》さんに送る手紙を持って。

夕方、父さんは落胆《らくたん》した顔で戻《もど》ってきた。

「所長《しょちょう》との面会予約《めんかいよやく》は取れなかった」

父さんは、次の日も出かけていった。

また次の日も。

四日目、父さんは笑顔《えがお》で第三区に戻《もど》ってきた。

「いい知らせに違《ちが》いない」おじいちゃんは、父さんの笑顔《えがお》を見ていった。

新しい収容所《しゅうようじょ》への移動《いどう》を希望する島民《とうみん》全員の手続きを、所長《しょちょう》さんがしてくれることになったと、父さんはいった。

今夜の集会で、細《こま》かい打ち合わせをするそうだ。

移転先《いてんさき》の収容所《しゅうようじょ》がこれだけ多くの人を受け入れるのには、時間がかかる。

所長《しょちょう》さんは、全員が同時には、移動《いどう》できないといった。

だが一月末までには、移動《いどう》を完了《かんりょう》させるとも。

母さんと父さんは話し合いに参加《さんか》したが、おじいちゃんとわたしは部屋で待っていた。おじいちゃんは木のかたまりに何か彫《ほ》っている。わたしは、シールの短いふさふさの毛をとかしてやる。

「最初の組の出発は二週間以内だ」帰宅《きたく》すると、父さんがいった。

シールを抱《だ》き上《あ》げた。

シールは置いていかないと、だめなんだろうか？

母さんがわたしに腕《うで》をまわして、耳元《みみもと》でささやいた。

「希望《きぼう》を持つのよ」母さんはいってくれた。

母さんがまたロザリー先生への伝言《でんごん》を持たせた。

ロザリー先生を教室で見つけたとき、先生はいった。

「生徒がいない教室にいるなんておかしいわね。だけど、ほかに何をしたらいいかわからないの」

わたしは伝言《でんごん》のメモを手渡《てわた》した。

「あなたは、本当に行ってしまうのね」読み終えたロザリー先生はいった。先生の目は光っていて、泣き出すんじゃないかと思った。

先生の手に触《ふ》れる。

「だいじょうぶよ」ロザリー先生はいう。「あなたに行って欲《ほ》しい、そうすれば、ロンはひとりぼっちじゃなくなる。だけど、あなたがいなくなるのは寂《さみ》しいわ」

ロザリー先生は、わたしが触《ふ》れていた手を抜《ぬ》くと、わたしを抱《だ》きしめた。

「これが一番いいのよ」ロザリー先生はつぶやいた。

わたしは教室を見回《みまわ》し、すべてを覚《おぼ》えておこうとした。

ピンクのカーテン。ロザリー先生の机《つくえ》。そこには先生が見つけたかわいらしいものがいっぱいのっている。石、種《たね》、小鳥の巣《す》。

わたしやクラスメイトが描《か》いた絵が、壁《かべ》に貼《は》られている。帆船《はんせん》、町、人々の顔。

四つの壁《かべ》に囲《かこ》まれた、四角い部屋。

本棚《ほんだな》に並《なら》んだ先生の本。

家に帰ると、紙にロザリー先生の絵を描《か》きはじめた。

できあがるまで数日かかった。

完璧《かんぺき》な絵にしたかった。

この絵をロンにあげたかった。


食堂の仕事がないとき、母さんは荷物《にもつ》を整理《せいり》し、たたんでスーツケースに詰《つ》めた。キモノ、ワンピース、ズボン、靴《くつ》、父さんの道具。最後の収穫《しゅうかく》のときにとっておいた種《たね》を包み、毛布《もうふ》やシーツを洗《あら》った。小さな玉ねぎやニンニクを、庭の畑の硬《かた》く凍《こお》りついた土から掘《ほ》り起《お》こした。畑の土をハンマーで粉々《こなごな》になるまでくだいて、枕《まくら》カバーに詰《つ》めた。玉ねぎやニンニクをその中に埋《う》め、上からシーツでくるんだ。

母さんは、ケイコ姉《ねえ》さんとロンに手紙を書いた。

荷造《にづく》りを手伝いたかったけど、母さんはシールと遊んでおいでといって、わたしを外に出した。

出発の前日、母さんはわたしをどこにもいかせなかった。午前中、部屋の掃除《そうじ》を手伝った。

お昼ご飯のあと、おじいちゃんがいった。

「一緒《いっしょ》に散歩しよう」

わたしたちは第三区を出て、第二区、第一区と通《とお》り過《す》ぎた。シールが、わたしたちの脚《あし》の間を飛《と》び跳《は》ねる。わたしたちはフェンス沿《ぞ》いに歩く。歩いていくと、まだ消え残っている小さな水たまりの前に着いた。泥水《どろみず》に氷《こおり》が張《は》っている。

おじいちゃんが靴《くつ》のひもをといて、靴《くつ》を脱《ぬ》いだ。靴下《くつした》も脱《ぬ》ぐと、靴《くつ》の中に押《お》しこんだ。泥《どろ》の中に足を踏《ふ》みだす。

「おいで」おじいちゃんがいう。おじいちゃんはにっこりしている。

凍《こお》った泥《どろ》は、思った以上に冷たい。あまりの冷たさに、指先が凍《こお》ってちぎれてしまわないか心配になるくらい。

「目を閉《と》じれば、波の音だって聞こえるぞ」おじいちゃんがいう。「寄《よ》せては、返《かえ》す波」

「潮《しお》の香《かお》りもしてくる」おじいちゃんがいう。「ツンとくる、くっきりしたにおい」

「海からのそよ風も、感じるだろ」おじいちゃんがいう。「冷たくて、湿気《しっけ》を含《ふく》んだ風」

目を閉《と》じ、耳をすませ、においをかぎ、そして体《からだ》で感じた。

おじいちゃんは正しい。

波が寄《よ》せては返《かえ》すように、息を吸《す》って、吐《は》く。

胸《むね》から頭、腕《うで》や脚《あし》へと体中《からだじゅう》の緊張《きんちょう》が抜《ぬ》けていく。

目を開《ひら》くと、おじいちゃんがわたしを見て微笑《ほほえ》んでいる。

「ほら、なっ?」おじいちゃんが聞く。

おじいちゃんのハンカチで足をふいてから、靴《くつ》をはく。

一緒《いっしょ》に、今日まで暮《く》らした刑務所《けいむしょ》村を歩く。

わたしたちはいくつもの思い出の場所で立《た》ち止《ど》まる。

水くみのポンプ、食堂、母さんの畑。

学校の教室の前まで来たとき、もしロザリー先生がいるならさよならをいいたいと思った。

おじいちゃんは、シールを腕《うで》に抱《だ》いて家に帰っていく。

ロザリー先生は机《つくえ》に向かっていた。

本を開いて、ペンを手にしている。だけど、先生の目は窓《まど》の外を見ていた。

わたしに気がつくと、驚《おどろ》いたようにしばらく黙《だま》って見つめた。それから、先生は立ち上がった。

「明日、出発すると聞いたわ」先生がいった。「さよならをいいに来てくれたらいいなと、思っていたの」

わたしはロザリー先生のところに走っていき、先生の腰《こし》に抱《だ》きついた。先生はひざまずくと、わたしを抱《だ》きしめてくれた。

「うれしいの」ロザリー先生はいう。「うれしいのよ。でも、やっぱり寂《さみ》しい」

わたしの頬《ほほ》に涙《なみだ》が流れ、のどをふさいでいる土ぼこりの層《そう》にひびが入りはじめた。

「こんなこと、永久《えいきゅう》に続《つづ》きはしないわ」ロザリー先生はいう。「続《つづ》くはずがない」

ロザリー先生はわたしを離《はな》して机《つくえ》から何かとった。先生は教室のドアまでわたしを連れていき、わたしの手に本をのせた。「ロンに」先生はいった。「この詩集《ししゅう》が好きだったの」それから、首《くび》に巻《ま》いていたスカーフをはずして、わたしの首に巻《ま》いてくれた。「あなたに」先生はいった。それから、紙の束《たば》もくれた。

「おじ夫婦《ふうふ》の住所が一番上の紙に書いてあるわ。いつまで、ここにいるかわからないけど、おじさんたちを通じて、いつでもわたしに連絡《れんらく》できる」ロザリー先生はいう。「さあ、涙《なみだ》をふいて。あなたは勇気《ゆうき》があるわ、マナミ。あなたは強い」

そして、先生はわたしのおでこにキスしてくれた。

「大好きよ」ロザリー先生はいった。

涙《なみだ》をふいて家まで歩くあいだ、大きくなるひびのせいでのどが痛《いた》んだ。

シールが家の前のステップにおとなしく座《すわ》って、おじいちゃんに体《からだ》をふいてもらっている。

「新しい家に行くんだから、こいつもきれいにしてやらんとな」おじいちゃんがいう。

その夕方、父さんとおじいちゃんとわたしは食堂に歩いていった。

いつもと同じみたいだけど、同じじゃない。

四つのカップに、湯気《ゆげ》のたつお茶を注《そそ》ぐ。いつもと同じみたいだけど、同じじゃない。

わたしたちは長椅子《ながいす》に腰《こし》かけて、母さんの仕事が終わるのを待って、みんなで一緒《いっしょ》に帰った。

いつもと同じみたいだけど、同じじゃない。

いつもならこうだ。おじいちゃんとわたしだけで食堂に歩いていき、あとで父さんが加わる。

いつもならこうだ。五つのカップにお茶を注《そそ》ぐ。

いつもならこうだ。母さん抜《ぬ》きで家に帰り、家で母さんの仕事が終わるのを待っている。

食堂を出る前に、キミがやってきたので、わたしは長椅子《ながいす》を詰《つ》めて隣《となり》を空《あ》けた。

「寂《さみ》しくなるよ」キミが耳元《みみもと》でささやいた。

わたしはキミに腕《うで》をまわして、ぎゅっと抱《だ》きしめた。

「新しい学校で、隣《となり》の席をとっといてね」キミは自分の家族のところに戻《もど》る前にいった。

第三区をぬけて家に帰る途中《とちゅう》、島でご近所だった人たちがささやきかけてくる。

「わたしたちもすぐに行きますよ」ひとりがいう。

「畑にいい場所を見つけておいてね」別のご近所さんがいう。

「お気をつけて」また別のご近所さんがいう。

わたしたちは、さよならとはいわない。

母さんは明日のために、島を出るときみたいなよそいきを用意してはいない。

「眠《ねむ》りなさい」母さんはいい、わたしをベッドに行かせる。

シールがわたしのベッドに飛《と》び乗《の》り、ボールみたいに丸くなる。

シールの黒い鼻と黒い目は、トモを思い出させる。

島のことを、思い出させる。

島を出て、ここにやってくるまでのことを。

トモと別《わか》れたことを。

わたしはシールを腕《うで》の中に抱《だ》いて、毛布《もうふ》に気持ちよくくるまっている。

寒い日はもっと寒い夜になった。

母さんのいったことを考える。

希望《きぼう》を持つのよ。


朝、四つのスーツケースが部屋に並《なら》んでいた。

暗《くら》い雲が太陽を覆《おお》い、空を覆《おお》っている。暗《くら》くて、重くて、低い雲。

シールをコートの中に入れて、ボタンを留《と》めた。わたしは自分のスーツケースを持って、父さんと母さんとおじいちゃんがゲートまでの道を下《くだ》っていくのに、続《つづ》く。

スーツケースがバスの荷物入れに積《つ》みこまれるのを待っている。

わたしたちは、ミニドカ行きの最初のバスに乗るほかの家族と一緒《いっしょ》に、待っている。

暗《くら》くて重苦《おもくる》しい雲は、今にも雪が降《ふ》りだしそうだ。

だれも話さない。

バスの扉《とびら》が開き、乗車《じょうしゃ》が始まる。

ちょうどわたしたちの番《ばん》になったとき、シールがコートの襟元《えりもと》から頭をひょいとのぞかせ、わたしのあごをなめた。

「止《と》まれ！」バスの扉《とびら》の横に立っていた運転手の兵士がいった。「犬はだめだ」

父さんの動きが止《と》まった。片方《かたほう》の足をバスのステップにかけたままで。

母さんが、わたしに手をのばす。

おじいちゃんが、わたしをかばうように体《からだ》を寄《よ》せる。

わたしはコートのボタンをはずすと、シールの鼻先に自分の鼻をくっつけた。

シールは、セージと土のにおいがする。

シールがわたしの頰《ほほ》の涙《なみだ》をなめる。

シールを胸元《むなもと》に抱《だ》き寄《よ》せると、わたしとシールの心臓《しんぞう》がドクドクと鼓動《こどう》を打っているのがわかる。

土ぼこりでふさがっていたのどが大きく広がった。

ロザリー先生の言葉を思い出す。

わたしは勇気《ゆうき》がある。

わたしは強い。

「いや」わたしはいった。

「いや！」

わたしは、おじいちゃんと母さんと父さんを押《お》しのけて前に出た。

わたしは、バスを運転する兵士の前に立った。

「いやよ！」

前にいえなかった言葉の全部《ぜんぶ》が、いま声に出せるたった一つの言葉の奥底《おくそこ》にある。

兵士が、わたしの顔を見る。わたしの涙《なみだ》をなめているシールを見る。

兵士は乗れと合図《あいず》した。

ほかの家族の間を通り、わたしはバスの一番後ろまで歩いていく。横長《よこなが》の窓《まど》の下の長いシートに座《すわ》った。シールの温《あたた》かい体《からだ》をコートの中に入れてボタンを留《と》める。

外を見ると、重く垂《た》れこめた灰色《はいいろ》の雲がついにはじけた。

白いものがくるくる舞《ま》いながら、窓の外を飛《と》び過《す》ぎていく。

雪だ。

バスはうなりをあげ、ゲートを離《はな》れていく。

わたしの後ろで、刑務所《けいむしょ》村が目を覚《さ》ますのが見える。クラスメイトが食堂に歩いていく。親たちがそれぞれの職場《しょくば》に向かう。犬たちは走ったり歩いたり、座《すわ》ったり何かを待ったりしている。

鋭《するど》い有刺鉄線《ゆうしてっせん》の柵《さく》を見る。

わたしの前に何があるのか？

わたしには見えない。

ロンがそこにいるのはわかっている。

新しいクラスメイトとその親たち。

新しい犬たちに、新しい柵《さく》。

母さんがわたしのほうに歩いてくる。バスがハイウェイへ入るとき、母さんは左右《さゆう》の席につかまった。泣いている。その後ろには、父さんとおじいちゃんがいる。父さんたちも泣いている。

そして、みんなは声をあげて笑いだした。

「マナミ！」父さんがいう。

母さんがシールごとわたしを抱《だ》きしめる。

「わたしのかわいい子」母さんがいう。

おじいちゃんが隣《となり》に座《すわ》って、わたしの脚《あし》をぽんぽんとたたく。

「大好き」わたしはいう。

乾《かわ》いたのどから出るのは、ささやくようなかすれた声だ。だけど、もう一度いう。

「大好きだよ」

強く。わたしみたいに。

声を使う練習をする。

「シール」

わたしは呼《よ》ぶ。

頭がひょいと飛び出した。

「シール」

わたしは呼《よ》ぶ。

シールの口が大きく開《ひら》き、舌《した》が片側《かたがわ》に垂《た》れさがる。両耳がピンと立ち、目がまばたきする。

「シール」

わたしは呼《よ》ぶ。

そして、声をたてて笑った。

のどが前のように開いた。

わたしは見える、においをかげる、耳も聞こえる。

わたしは話せる。

力強い言葉を。

勇気《ゆうき》ある言葉を。

日本の読者のみなさんへ

たくさんの子どもたちに読んでもらいたくて、この物語を書きました。

私はカリフォルニアのマンザナ強制収容所《きょうせいしゅうようじょ》のすぐそばで、子ども時代を過《す》ごしました。

ほこりっぽい砂漠《さばく》の中に立つ監視塔《かんしとう》や、ノコギリの歯が地面から突《つ》き出《で》たような鉄条網《てつじょうもう》の柵《さく》をいつもまぢかに見ていました。

子ども心にも、ここが苦しみと悲しみの場所だとわかっていました。そして、大きくなるにつれて、大人《おとな》が戦争をすれば子どもたちが苦しむと学びました。

いつかみなさんにお会いできたらどんなに嬉《うれ》しいでしょう。写真やお手紙を拝見《はいけん》するのも……。

いま未来に確《たし》かな希望《きぼう》を感じています。

それは、明るい未来を信じる心と正義感《せいぎかん》、そしてマナミに寄《よ》り添《そ》う心があなたたちにあると確信《かくしん》するからです。

マナミの物語を読んでくださったことに、心から感謝《かんしゃ》します。

ロイス・セパバーン　　2018.5.1

立《た》ち退《の》きの日――飼《か》い犬《いぬ》に
別れを告げる家族。
キングとモジさん夫妻《ふさい》。
ワシントン州ベインブリッジ島《とう》にて。

訳者あとがき

おじいちゃんの大切な相棒《あいぼう》だったトモ、マナミが愛し守るべき存在《そんざい》だったトモ……。

1942年3月、飼《か》い犬《いぬ》トモとの突然《とつぜん》の別れがやってきました。マナミには理由がよくわかりませんでした。おじいちゃんと両親は日系移民《にっけいいみん》ですが、マナミ自身《じしん》はアメリカ生まれの二世《にせい》でアメリカ人です。それが、前年12月に始まった第二次世界大戦《だいにじせかいたいせん》によりアメリカと日本が敵国《てきこく》になったため「敵《てき》となる外国に祖先《そせん》を持つ者」として、マナミ一家は生活の地であるベインブリッジ島《とう》から強制的退去《きょうせいてきたいきょ》させられることになったのです。

スーツケース一つの手荷物《てにもつ》だけで移動《いどう》することになったマナミたちは、トモの世話は家財《かざい》とともにアメリカの友人たちに託《たく》すはずでした。一度は納得《なっとく》したのに、マナミは軽はずみな行動を取りました。家を最後に出るとき、とっさにトモをコートの下に隠《かく》したのです。

軍《ぐん》のトラックとフェリーを乗《の》り継《つ》いで本土《ほんど》に着いたところで、トモは見つかってしまいます。もうトモを託《たく》せる人はいません。ただ、軍《ぐん》の用意した檻《おり》があるだけ。おじいちゃんはマナミをじっと見つめただけで何も言いませんでしたが、トモを自分の手で檻《おり》に入れたおじいちゃんの肩《かた》はがっくりさがり、頬《ほほ》から涙《なみだ》が伝っていました。

大好きなおじいちゃんの打ちひしがれた姿《すがた》を目にして出たマナミの叫《さけ》び声《ごえ》は、悲しみと後悔《こうかい》と怒《いか》りでマナミの心が砕《くだ》けた瞬間《しゅんかん》でもありました。

黙《だま》りこくったマナミが3日目に着いたのは、シエラネバダ山脈《さんみゃく》ふもとの砂漠地帯《さばくちたい》マンザナ。スペイン語でリンゴ園を意味するマンザナは夏の気温が40度を超《こ》え、冬は氷点下《ひょうてんか》になる過酷《かこく》な土地でした。砂漠《さばく》の土はマナミののどをふさぎ、自分を責《せ》めて心を閉《と》ざしたマナミから「声」をも奪《うば》っていきます。トモを守る言葉を口にできなかったマナミには、もう「声」は必要なかったのかもしれません。

トモへの想《おも》いが深まるにつれ、マナミは苦しみます。なんとかトモに気持ちを伝えたい、ほんの偶然《ぐうぜん》からですが、マナミはトモに今の気持ちを伝える方法を考えつきます。本書の原題《げんだい》『ペーパー・ウィシュイズ』は、紙に書いた

立《た》ち退《の》きの日、移動《いどう》のためバスを待つ家族。それぞれのコートや手荷物《てにもつ》に登録番号《とうろくばんごう》が書かれた下《さ》げ札《ふだ》がついている。カリフォルニア州にて。

マンザナ収容所《しゅうようじょ》にたつ居住棟《きょじゅうとう》

願いごとという意味です。

マナミが失った「声」と、生きることの「勇気《ゆうき》」を取《と》り戻《もど》すまでの物語が、第二次世界大戦《だいにじせかいたいせん》中《ちゅう》の日系人《にっけいじん》マンザナ強制収容所《きょうせいしゅうようじょ》での生活を横糸《よこいと》にしてマナミの視点《してん》で語られているので、邦題《ほうだい》は『マンザナの風にのせて』としました。

日本では8月15日の敗戦《はいせん》の日前後《ひぜんご》に、第二次世界大戦関連《だいにじせかいたいせんかんれん》の放送番組が多く企画《きかく》されますが、アメリカ日系移民《にっけいいみん》の強制収容《きょうせいしゅうよう》の歴史を取り上げたものはあまりありません。この作品の背景《はいけい》に関心を持ってくださった読者のために、もう少し触《ふ》れておきます。

アメリカは多くの移民《いみん》で成《な》り立《た》っている国家ですが、19世紀後半から職《しょく》を求めてアメリカに渡《わた》った日系人《にっけいじん》の歴史にも苦労と困難《こんなん》がつきまといました。一世《いっせい》には市民権《しみんけん》も土地購入《とちこうにゅう》の権利《けんり》もなく、白人との結婚《けっこん》も禁《きん》じられていました。アメリカ生まれの二世《にせい》には市民権《しみんけん》がありましたが、それでも偏見《へんけん》と差別からは自由になれませんでした。日系人《にっけいじん》たちはしだいに地域《ちいき》ごとに日系人《にっけいじん》コミュニティーを作り、独自《どくじ》の日本文化や伝統《でんとう》を守った暮《く》らしをするようになります。こうして第《だい》二次世界大戦前《にじせかいたいせんまえ》には西海岸地域《にしかいがんちいき》にいくつもの日本人街《にほんじんがい》ができていました。

マナミの物語が始まるまでの大きな歴史の動きを時系列《じけいれつ》でみましょう。

1941年12月7日、日本軍がハワイの真珠湾《しんじゅわん》アメリカ軍基地《ぐんきち》を攻撃《こうげき》し、日本とアメリカは戦《せん》闘状態《とうじょうたい》に入る。（日本時間では12月8日）

1942年2月19日、ルーズベルトが「大統領令《だいとうりょうれい》9066号」に署名《しょめい》し、陸軍省《りくぐんしょう》に「防衛《ぼうえい》のための強制移動《きょうせいいどう》」の権限《けんげん》があたえられる。

1942年3月2日、陸軍省《りくぐんしょう》はアメリカ西海岸沿岸《にしかいがんえんがん》を軍管理地域《ぐんかんりちいき》に指定し「敵《てき》となる外国に祖先《そせん》を持つ者」である日系人《にっけいじん》に（南北に走る）カスケード山脈《さんみゃく》の東側に「自主的退去《じしゅてきたいきょ》」を求める。

1942年3月24日、「自主的退去《じしゅてきたいきょ》」は撤回《てっかい》され「強制的退去《きょうせいてきたいきょ》」に。ほとんどの日系人《にっけいじん》は移動先《いどうさき》を探《さが》す時間もなく、結果的には砂漠《さばく》や湿地帯《しっちたい》に作られた10か所の収容所《しゅうようじょ》に送られることになります。西海岸《にしかいがん》の日系人《にっけいじん》が軍《ぐん》の情報《じょうほう》を敵国《てきこく》日本にもらすと考えら

マンザナ収容所《しゅうようじょ》の居住棟《きょじゅうとう》の間にある家庭菜園

マンザナ収容所《しゅうようじょ》の食堂のようす

れたのです。

こうして1942年9月までに、西海岸地域《にしかいがんちいき》の12万人以上の日系人《にっけいじん》とアメリカ市民権《しみんけん》を持つ二《に》世《せい》たちが、収容所《しゅうようじょ》送りになりました。（強制収容《きょうせいしゅうよう》は1945年8月、日本の降伏《こうふく》まで続く。）

舞台《ぶたい》のベインブリッジ島《とう》は、海軍《かいぐん》の航路《こうろ》が近かったのと島に重要《じゅうよう》な無線設備《むせんせつび》があったために、最初の移動地域《いどうちいき》に指定されました。自主的に移動《いどう》できたのは3家族だけでした。

1942年3月30日に住民276名が陸軍《りくぐん》の管理《かんり》のもとマンザナ集合センター（後のマンザナ強制収容所《きょうせいしゅうようじょ》）に移動《いどう》させられます。

マンザナは収容者《しゅうようしゃ》が1万1千人を超《こ》えた大きな収容所《しゅうようじょ》で、物語の暴動《ぼうどう》や若者《わかもの》が撃《う》たれる事件《じけん》は史実《しじつ》のとおりです。またロンの軍隊志願《ぐんたいしがん》をめぐる話もありましたが、事実、アメリカ軍には第442連隊戦闘団《れんたいせんとうだん》という日系人志願兵《にっけいじんしがんへい》だけで組織《そしき》された連隊《れんたい》があり、この部隊《ぶたい》は激戦地《げきせんち》のヨーロッパ戦線《せんせん》に送られ、もっとも勇敢《ゆうかん》に戦った部隊《ぶたい》として有名です。

1945年8月15日（日本時間）アメリカを含《ふく》む連合軍《れんごうぐん》に日本が降伏《こうふく》し、戦闘状態終結《せんとうじょうたいしゅうけつ》により10月～11月にかけて収容所《しゅうようじょ》は次々と閉鎖《へいさ》されます。日系人《にっけいじん》は片道切符《かたみちきっぷ》と政府《せいふ》から支給《しきゅう》された25ドルを持ち、元《もと》の居住地《きょじゅうち》に戻《もど》りますが、家、財産《ざいさん》、仕事も放棄《ほうき》させられていたので、帰宅後《きたくご》の生活は困難《こんなん》に満ちたものでした。

1964年の公民権法《こうみんけんほう》の制定《せいてい》を受けて、60年代後半には日系人二世《にっけいじんにせい》と三世《さんせい》が裁判《さいばん》を起こします。

１９８８年レーガン大統領《だいとうりょう》は、第《だい》二次世界大戦中《にじせかいたいせんちゅう》の強制収容《きょうせいしゅうよう》に対して公式謝罪《こうしきしゃざい》し、生存者《せいぞんしゃ》に対して一人２万ドルの賠償金《ばいしょうきん》を払《はら》いました。

強制収容所《きょうせいしゅうようじょ》の多くは破壊《はかい》されましたが、マンザナは「アメリカ市民の自由のもろさを現在《げんざい》と未来に伝える」として１９９２年に国定史跡《こくていしせき》になっています。なお当時のマンザナ収容所《しゅうようじょ》で、灯篭流《とうろうなが》しは実際《じっさい》には行われていませんが、お盆《ぼん》やほかの日本の行事は、戦時中もあちこちの収容所《しゅうようじょ》で行われていました。

翻訳《ほんやく》にあたり何度も著者《ちょしゃ》のロイスさんに連絡《れんらく》をとると、いつも丁寧《ていねい》に答えていただきました。また気になっていた大きな疑問《ぎもん》も解《と》けました。それは、

マンザナ収容所《しゅうようじょ》での
盆踊《ぼんおど》りのようす

©Densho / Courtesy of Manzanar National Historic Site and the Shinjo Nagatomi Collection

マンザナ収容所《しゅうようじょ》の小学校で
勉強する子どもたち

©Densho / Courtesy of the National Archives and Records Administration

ロイスさんがこの作品を書いた動機《どうき》です。
「あとがき」に掲載《けいさい》する写真を探《さが》していたとき〈立《た》ち退《の》きの日――飼《か》い犬《いぬ》に別れを告げる家族。キングとモジさん夫妻《ふさい》。ワシントン州ベインブリッジ島《とう》にて。〉を見つけたので「この写真に強い印象を持たれたのですか?」とお尋《たず》ねすると「Yes!」という返事とともに、マンザナに収容《しゅうよう》されていた子どもたちの写真集にも心を打たれたということでした。そして「たいへん個人的《こじんてき》な物語でもあるのです」と前置きして、その想《おも》いを語ってくださいました。

ロイスさんはマンザナ収容所《しゅうようじょ》のそばで子ども時代を送っています。クラスメイトには収容《しゅうよう》されていた日系人《にっけいじん》の孫《まご》たちもいたそうです。ロイスさんはアメリカの子どもたちが自国の歴史を、いいことも悪いことも含《ふく》めすべてを学ぶことの大切さを訴《うった》えます。「私《わたし》たちは善悪混《ぜんあくま》ぜ合《あ》わさった存在《そんざい》であり、そのことを覚《おぼ》えている限《かぎ》り将来《しょうらい》二度と戦争をしない」と。

ロイスさんにとって、この「強制収容《きょうせいしゅうよう》」はアメリカの恥《は》ずべき歴史の一つです。でも向き合わなくては、新しい時代はきません。この姿勢《しせい》を真摯《しんし》に受《う》け止《と》め、私《わたし》たちの歴史も見《み》つめ直したいと思います。読者のみなさんとロイスさんとの出会いに感謝《かんしゃ》します。

２０１８年６月30日

若林千鶴

マンザナ収容所《しゅうようじょ》の小学校の国旗掲揚台《こっきけいようだい》

©Densho

国旗《こっき》に顔を向け、右手を左胸《ひだりむね》に置き「忠誠《ちゅうせい》の誓《ちか》い」を暗《あん》唱《しょう》する子どもたち

©Densho / Courtesy of the National Archives and Records Administration

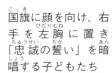

現在、インターネットのサイトで当時の写真やインタビュー記事などが見られます。特に参考になるものをあげておきます。

著者ロイスさんのサイト（英語）では、参考ページのリンク他、“Paper Wishes Classroom Guide”として、読書レベルに応じたワークシートが提供されています。

http://www.loissepahban.com/books-fiction.html

ベインブリッジ島の日系人コミュニティー　について

Bainbridge Island Japanese American Community

「BIJAC」（英語）　https://www.bijac.org/

日系移民の歴史については、

「日系アメリカ人の歴史ポータル」

DENSHO（英語と日本語）　http://nikkeijin.densho.org/

DENSHO　（英語）　https://densho.org/

マンザナ国定史跡博物館　（英語）

https://www.nps.gov/museum/exhibits/manz/index.html

＊その他、日系移民と強制収容の歴史と理解を深める本

『マンザナー強制収容所日記』　カール・ヨネダ　著、PMC 出版　1988 年

『日系アメリカ人　強制収容から戦後補償へ』

岡部一明　著　岩波ブックレット　1991 年

『マンザナ、わが町』（戯曲）

井上ひさし　作　集英社　1993 年　こまつ座が 2018 年 9 月から上演予定。

『トパーズの日記　日系アメリカ人強制収容所の子どもたち』

マイケル・O・タンネル、ジョージ・W・チルコート　著　金の星社　1998 年

『ストロベリー・デイズ　日系アメリカ人強制収容の記憶』

デヴィッド・A・ナイワート著　みすず書房　2013 年

『コダクロームフィルムで見るハートマウンテン日系人強制収容所』

ビル・マンボ　写真、エリック・L・ミューラー　編　紀伊国屋書店　2014 年

ロイス・セパバーン（Lois Sepahban）　作者
1974年、カリフォルニア州中部に生まれる。読書と自然の中で遊ぶのが大好きな子どもで、オーストラリアン・シェパードのストライダーは、大切な仲間だった。大学では文学を学び、中学校の教員に。歴史的な物語を朗読すると喜ぶ子どもたちに、作家をめざし、ジェーン・グドールの伝記やモンゴメリー・バス・ボイコット事件などいくつもノンフィクション作品を書いた。『マンザナの風にのせて』は初めてのフィクションになる。現在も教員を続けながら、ケンタッキー州の小さな農場で、夫と二人の子どもたち、二匹の犬、六匹の猫、それにニワトリたちと暮らす。

若林千鶴（わかばやし・ちづる）　訳者
1954年大阪市生まれ。大阪教育大学大学院修了。子ども時代から大の読書好きで、子どもたちに本を紹介する仕事につきたかった。31年間中学校で国語科と学校図書館を担当。楽しく読んで考える読書を指導と実践。著書に『学校図書館を楽しもう』（青弓社・現在はオンデマンド版）『読書感想文を楽しもう』（全国SLA）ほか。翻訳の仕事は1989年からで、『ぼくのなかのほんとう』（リーブル）、『読書マラソン、チャンピオンはだれ？』（文溪堂）、『アルカーディのゴール』（岩波書店）、『ぼくと象のものがたり』（鈴木出版）、『あたし、アンバー・ブラウン！』（文研出版）ほか。

ひだかのり子（Noriko Hidaka）　画家
神奈川県在住。大学で歴史、その後モードを学ぶ。ファッション業界、教育の仕事を経て、イラストレーターとして活動中。切り絵や墨画の手法などで少女、動物、風景、童画などを描く。世界中を旅すること、キレイなものと本に多くを費やして暮らしている。絵本の挿絵に『そらをあるくしろいぞう』（鈴木出版）、『五百人のお母さん：語りつぎ絵本』（学研プラス）、装画に『野生のゴリラと再会する』（くもん出版）などがある。

〈文研じゅべにーる〉
マンザナの風にのせて
作　者　ロイス・セパバーン
訳　者　若林千鶴
画　家　ひだかのり子

2018年6月30日　第1刷
2019年3月28日　第2刷
NDC933　A5判　192P　22cm
ISBN978-4-580-82335-8
表紙デザイン　島津デザイン事務所

発行者　佐藤諭史
発行所　文研出版　〒113-0023　東京都文京区向丘2－3－10　☎03-3814-6277
〒543-0052　大阪市天王寺区大道4－3－25　☎06-6779-1531
http://www.shinko-keirin.co.jp/
印刷所　株式会社太洋社　製本所　株式会社太洋社